아돌프의 사랑

▲

아돌프의 사랑

뱅자맹 콩스탕

김석희 옮김

▲

문학과지성사

옮긴이 김석희

서울대학교 불문학과를 졸업하고 같은 학교 대학원 국문학과를 중퇴했
으며, 1988년 『한국일보』 신춘문예에 소설이 당선되어 작가로 데뷔했
다. 영어·불어·일어를 넘나들면서 마르그리트 뒤라스의 『여름밤 열 시
반』과 리처드 휴스의 『자메이카의 열풍』, 존 미드 포크너의 『문플릿의
보물』, 허먼 멜빌의 『모비 딕』, 헨리 데이비드 소로의 『월든』, F. 스콧
피츠제럴드의 『위대한 개츠비』, 알렉상드르 뒤마의 『삼총사』, 쥘 베른
걸작선집(20권), 시오노 나나미의 『로마인 이야기』 등 많은 책을 번역
했다.

문지 스펙트럼 세계 문학

아돌프의 사랑

제1판 제1쇄 2022년 11월 11일

지은이	뱅자맹 콩스탕
옮긴이	김석희
펴낸이	이광호
주간	이근혜
편집	홍근철 박지현
마케팅	이가은 허황 이지현 맹정현
제작	강병석
펴낸곳	㈜**문학과지성사**
등록번호	제1993-000098호
주소	04034 서울 마포구 잔다리로7길 18 (서교동 377-20)
전화	02) 338-7224
팩스	02) 323-4180(편집) 02) 338-7221(영업)
대표메일	moonji@moonji.com
저작권 문의	copyright@moonji.com
홈페이지	www.moonji.com

ISBN 978-89-320-4087-5 03860

제3판에 부쳐

10년 전에 출간된 이 책을 중판하기로 동의하면서 나는 다소 망설이지 않을 수 없었다. 벨기에에서 이 책의 해적판이 만들어지고 있다는 게 확실치 않았다면, 그리고 독일에서 만들어져 프랑스로 반입되고 있는 해적판이 대부분 그렇듯 벨기에에서 만들어질 해적판에도 내가 관여하지 않은 수많은 가필과 수정이 행해질 염려가 없다면, 나는 결코 여기 기록된 이야기에 구애받지 않았을 것이다. 본디 이 책을 쓴 까닭은, 등장인물이 두 사람뿐인 데다 그 배치가 늘 똑같은 소설도 독자들에게 흥미를 안겨줄 수 있다는 것을 시골에서 만난 몇몇 친구에게 증명하고 싶었기 때문이다.

일단 일에 착수한 나는 문득 떠오른 생각들, 게다가 뭔가에 도움이 될 것처럼 보이는 몇 가지 생각을 더욱 발전시켜보기로 마음먹었다. 아무리 무정한 사람이라도 상대에게 안겨준 고통을 보면 그 자신도 괴롭다는 것, 그리고 자기 자신을 실제보다 경박하다거나 타락했다고 믿는 건 착각이라는 것을 묘사해보고 싶었다. 멀리 떨어져 있으면, 자기가 자기한테 주는 고뇌의 모습은 마치 쉽게 가로지를 수 있는 구름처럼 희미해 보인다. 사람들은 흔히 세간의 찬사에 용기를 얻지만, 이 세간이란 것은 완전히 엉터리여서, 규칙에 따라 주의主義를 보충하고 관습에 따라 감동을 보충하고, 추문도 배덕으로 미워하는 것이 아니라 단지 번거로운 것으로 미워할 뿐이다. 다시 말해서 추문만 없으면 악덕도 좋게 받아들이는 것이 세상인심인 것이다.

반성 없이 맺어진 관계는 고통 없이 깨질 수도 있다고 사람들은 생각한다. 그런데 사람들은 그 관계가 깨진 데서 오는 고민이나 배신당한 영혼의 비통한 놀라움이나 완전한 신뢰 뒤에 이어지는 의심, 어떤 한 사람을 의심한 결과가 세간 전체로까지 퍼져가고 스스로 짓밟은 존경을 돌이킬 수 없게 된 것을 보고서야 사랑하기 때문에, 고민하는 마음속에는 무언가 신성한 것이 존재한다는 사실을 깨닫는다. 함께 느끼지 않고 상대한테만 느끼게 했다고 믿는 그 애정의 뿌리가 얼마나 깊은 것인지를 깨닫는 것이다. 우리가 약한 마음이라고 부르는 것을 이기려면, 우선 마음속에 있는 관대함을 모두 때려 부수고, 충실함을 모두 찢어발기고, 고상하고 훌륭한 것을 모조리 희생해야 한다. 이런 투쟁은 무관한 사람이나 친구들한테는 갈채를 받지만, 그 승리에서 다시 일어섰을 때는 제 영혼의 일부를 죽이고 남의 동정을 손상시키고 도덕을 제 냉혹함의 구실로 삼아 능욕해버린 뒤다. 그리고 사람은 자신의 가장 좋은 성질을 잃어버리고, 이 슬픈 성공으로 얻은 치욕과 타락 속에서 덧없이 살아가게 된다.

이상이 『아돌프의 사랑』에서 내가 묘사하고 싶었던 광경이다. 거기에 성공했는지 어떤지는 모르겠다. 다만 내가 만난 독자들 대다수가 자신들도 이 주인공과 똑같은 처지에 놓인 적이 있었다고 말한 것으로 보아, 적어도 어느 정도는 진실이라는 가치가 있는 듯하다. 물론 상대에게 준 고통에 대해 그들이 내보이는 회한 속에는 무언가 자기만족 같은 게 엿보인 것도 사실이다. 그들 대부분은 일부러 자신에게 상처를 주었고, 허영심이 그들을 움직이지 않았다면 그들의 양심은 평안할 수 있었을 것이라고 나는 생각한다.

어쨌거나 지금 나는 이 책에 관해서는 지극히 무관심해져 있다. 나는 이 소설에 어떤 가치도 인정하지 않는다. 따라서 한 번 읽었다 해도 지금쯤은 아마 잊어버렸을 독자들 앞에 이 책을 다시 내놓으면서, 나는 이 판본과 내용이 다른 판본은 내가 쓴 것이 아니며, 따라서 나한테는 책임이 없다는 점을 언명해두고 싶다. 굳이 중판 출간에 동의한 것은 그 때문이다.

차례

일러두기

1. 이 책은 Benjamin Constant의 *Adolphe*(Librairie Générale Française, 1972)
   를 우리말로 옮긴 것이다.
2. 인명, 지명 등 고유명사의 외래어 표기는 국립국어원 외래어 표기법에 따
   랐다.
3. 이 책의 각주는 모두 옮긴이 주이다.

발행인의 말

몇 해 전에 나는 이탈리아를 이곳저곳 돌아다니고 있었다. 그러다가 네토강이 범람하는 바람에 칼라브리아*의 외딴 마을 체렌치아**에 발이 묶여버렸다. 그때 내가 묵고 있던 여관에는 나와 같은 이유로 발이 묶인 외국인이 한 사람 있었는데, 그는 매우 과묵하고 우울해 보였다. 하지만 초조한 기색은 조금도 없었다. 그곳에서 말벗이라도 삼아볼 만한 상대라고는 그 남자밖에 없었기 때문에 나는 이따금 말을 걸곤 했다. 한번은 이 뜻하지 않은 홍수로 여행에 차질이 생기겠다고 투덜거렸더니, 그는 아무려면 어떠냐는 투로, "여기 있으나 다른 데 있으나, 나한테는 마찬가집니다" 하고 대답했다.

나폴리 출신의 하인이 이름도 모른 채 이 외국인의 시중을 들고 있었는데, 그 하인과 이야기를 나눈 여관 주인이 나

* 이탈리아반도 남쪽 끝, 장화 앞부리 부분을 차지하고 있는 지방.
** 칼라브리아 중동부에 있는 소도시.

한테 전해준 바에 따르면, 이 외국인은 관광을 목적으로 여행하고 있는 게 아닌 모양이었다. 그는 유적을 찾아다니지도, 명승지나 기념물을 보러 가지도, 사람을 찾아가지도 않는다는 것이다. 그는 언제나 책을 가까이 두고 열심히 읽고 있었으나, 책 하나를 계속해서 끝까지 읽는 일은 없었다. 저녁때가 되면 항상 혼자서 산책을 나서고, 때로는 깍지 낀 두 손으로 머리를 받치고 앉아서 발가락 하나 움직이지 않은 채 온종일을 보낸 적도 있었다.

마침내 교통이 복구되어 길을 떠날 수 있게 되었다. 그러자 외국인이 때마침 앓아눕고 말았다. 나는 인정상 출발을 늦추고 그를 보살피지 않을 수 없었다. 체렌치아에는 읍내에 의사가 한 사람밖에 없었기 때문에, 나는 코센차*로 사람을 보내어 좀더 유능한 의사를 불러오게 하려고 했다. 그러나 그 외국인은 극구 말렸다. "그럴 필요 없습니다. 여기 있는 의사로도 충분합니다." 그의 말이 옳았다. 며칠 동안 치료를 받자 그는 회복되었다. 그는 의사를 돌려보내면서 "당신이 그렇게 솜씨가 좋은 줄은 미처 몰랐소" 하고 마치 화난 사람처럼 말하고는, 나한테도 고맙다는 인사를 잊지 않았다. 그러고 나서 우리는 각자 길을 떠났다.

몇 달 뒤 나는 나폴리에 머무르고 있었는데, 체렌치아에

* 칼라브리아 중서부에 있는 도시.

있을 때 투숙했던 여관 주인이 편지 한 통과 조그만 문갑 하나를 보내왔다. 편지 내용을 보니 그 문갑은 스트롱골리*로 가는 길목에서 발견된 모양인데, 여관 주인은 그 문갑이 우리 두 사람 가운데 누군가의 물건이라고 생각한 것이다. 물론 문갑이 발견된 길을 그 외국인과 내가 함께 지나간 것은 사실이지만, 우리는 도중에 헤어졌다. 문갑 속에는 주소도 없고 서명도 지워져버린 아주 오래된 편지 묶음과, 여인의 초상화 한 점과 수첩 한 권이 들어 있었다. 수첩에 기록된 수기가 앞으로 읽게 될 이야기다. 그리고 이 물건의 임자인 외국인은 나와 헤어지면서 아무 말도 남기지 않았기 때문에, 그에게 연락을 취할 방도가 나에겐 없었다. 그래서 나는 그 물건을 어떻게 처리하면 좋을지 모른 채 10년이 넘도록 보관해오고 있었다. 그러던 차에 독일의 어느 도시에서 몇몇 사람에게 이 이야기를 했더니, 내 말을 듣고 있던 한 사람이 내가 보관하고 있는 수기를 좀 빌려달라고 부탁했다. 일주일 뒤에 이 수기는 한 통의 편지와 함께 되돌아왔는데, 그 편지를 나는 이 책 말미에 첨부하기로 했다. 이 책에 실린 수기를 읽기 전에는 그 편지를 읽어보았자 이해할 수 없을 것이기 때문이다.

어쨌든 내가 이 수기를 출간하기로 마음먹은 데에는 그

---

* 칼라브리아 동부의 크로토네현에 있는 마을.

편지가 크게 작용했다. 그 편지를 읽어보건대, 이 수기를 발표해도 지금에 와서는 누구에게 누를 끼치거나 화를 입힐 염려가 전혀 없겠다는 확신을 얻게 되었기 때문이다. 나는 원문에서 단 한 글자도 고치지 않았으며, 고유명사가 생략된 것도 원문에서 머리글자로만 표기되어 있는 것을 그대로 따랐음을 밝혀둔다.

제1장

나는 스물두 살 되던 해에 괴팅겐* 대학을 졸업했다. 당시 ×××선제후** 궁정의 장관으로 봉직하고 있던 아버지는 나에게 유럽의 여러 이름난 나라들을 두루 돌아보게 했다. 그런 다음 나를 곁에 불러다가 당신이 관장하는 부서에서 일을 배우게 한 뒤, 때가 되면 당신의 자리를 물려줄 생각을 하고 있었던 것이다. 꽤나 자유분방한 생활을 하면서도 제법 부지런히 공부한 덕에 나는 동급생들 가운데 뛰어난 성적을 올릴 수 있었고, 이런 사실 때문에 아버지는 나에 대해 지나치다 싶을 정도로 큰 기대를 가지고 있었던 모양이다.

내가 적잖은 잘못을 저질렀음에도 아버지가 그토록 관대했던 것은 이런 기대감 때문이었을 것이다. 아버지는 내가 이런 실수 때문에 고민하도록 내버려 두는 법이 없었다. 이

---

* 베를린에서 남서쪽으로 250킬로미터, 프랑크푸르트에서 북동쪽으로 200킬로미터 지점에 자리 잡고 있는 독일의 도시. 1737년에 창설된 괴팅겐 대학은 북부 독일의 학문과 문화의 중심이 되었다.

** 신성로마제국 시대에 황제를 선정하는 자격을 가졌던 제후.

런 점에 있어서 아버지는 언제나 내 요구를 들어주었고, 때로는 내가 털어놓기도 전에 아버지가 먼저 나서서 해결해주기까지 했다.

아버지의 태도가 상냥하거나 인자하기보다 오히려 의연하고 관대했다는 것은 어찌 보면 불행한 노릇이었다. 나는 아버지가 나한테 감사와 존경을 받을 권리가 있다는 것을 깊이 명심하고 있었으나, 우리 부자父子 사이에는 여태껏 어떠한 신뢰감도 있어본 적이 없었다. 아버지의 성격에는 어딘지 모르게 차가운 구석이 있어서, 그것이 내 성격과는 잘 맞지 않았다. 당시에 나는 이 범속한 세상의 바깥으로 영혼을 내던지고, 그 영혼을 둘러싸고 있는 모든 사물에 대해 경멸감을 불러일으키는 원초적이고도 강렬한 인상만을 추구하려 들었다. 내가 아버지한테서 본 것은 단순한 잔소리꾼이 아니라, 처음에는 공감의 웃음을 보이다가도 얼마 안 가서는 결국 대화마저 끊어버리는 냉철하고 신랄한 관찰자의 모습일 뿐이었다. 내 나이 열여덟 살이 될 때까지 나는 아버지와 더불어 단 한 시간도 계속해서 대화를 나누어본 적이 없었다.

아버지가 보내오는 편지는 애정이 흘러넘치고, 지당하고 감동적인 충고의 말씀으로 충만해 있었다. 그러나 막상 둘이 마주 앉기만 하면 뭐라고 표현할 수 없는 거북살스러운 것이 아버지에게 있어서 그것이 나를 고통스럽게 만드는 것이었다. 당시만 해도 나는 수줍다는 것이 무엇인지 아직 모르고 있었다. 이처럼 마음속에 숨겨진 고통은 만년에 이르기까지 우리를 뒤따라 다니면서, 제아무리 강렬한 인상이라 할지라도 그것을 우리 마음 위에서 짓뭉개버리거나, 그 인상을 표현하려는 우리의 언어를 얼어붙게 만들거나, 우리가 나타내려는 뜻을 입 안에서 전혀 엉뚱한 것으로 바꾸어버린다. 그래서 결국 우리가 입 밖에 내게 되는 것은 고작 아리송하거나 비꼬는 듯한 말투뿐, 그 밖의 것은 하나도 남아 있지 않게 되는 것이다. 그것은 마치 우리가 자신의 감정을 남에게 털어놓을 수 없어서 겪게 되는 고통을 억누르려고 그 감정 자체에다 분풀이를 하는 것과도 같았다. 나는 아버지가 당신의 자식에 대해서조차 퍽 조심스러워했다는 것을 모르고 있었다. 겉으로 드러나는 아버지의 냉담함 때문에 나는 도저히 애정을 보일 수가 없었는데, 사실은 아버지가 그 애정의 표현을 얼마나 기대하고 있었으며, 우리가 눈물로 헤어질 때조차 내가 아버지를 조금도 사랑하는 것 같지 않더라고 남들에게 하소연했다는 것조차 나는 까맣게 모르고 있었다.

아버지를 어렵게 여기는 감정은 나도 모르는 가운데 내 성격에 커다란 영향을 끼쳤음이 틀림없다. 아버지도 그렇지만, 나도 아버지 못지않게 수줍고 소심한 편이었다. 게다가 나는 아버지보다 나이가 어렸기 때문에 그만큼 정신적으로

제1장 17

불안정했다. 그래서 내가 느끼는 것이면 무엇이든지 마음속에 간직한 채 혼자서만 궁리하고, 그것을 실행에 옮기는 데 있어서도 나 자신만을 위주로 삼았다. 남들의 관심이나 충고, 도움은 물론 그들의 존재마저 불편하게 여기고, 심지어 내가 하는 일에 걸림돌이 되는 것처럼 생각하는 버릇을 들이게 되었다. 나는 내가 골몰해 있는 문제를 남에게 털어놓는 일이 없었다. 그러면서도 때로는 성가심을 무릅쓰고 남들과 대화를 나누었고, 그럴 때면 쉴 새 없이 농담을 지껄여 대화에 활기를 불어넣음으로써 화제의 단조로움을 덜었다. 그러나 속마음을 내보인 적은 한 번도 없었다. 오늘날에도 친구들이 비난하는 바이지만, 아무리 애를 써도 흉금을 털어놓지 못하는 버릇은 바로 거기서 기인한 것이다. 이와 마찬가지로, 내가 어떤 것에도 구속받기 싫어하고, 그래서 나를 둘러싼 온갖 관계에 대해 항상 불안해하고, 어쩌다 새로운 관계라도 맺을라치면 괜한 두려움부터 앞서곤 하는 버릇도 역시 거기서 생겨난 것이다.

나는 혼자가 되었을 경우가 아니면 좀처럼 마음이 놓이지 않았다. 이런 수줍고 소심한 성격은 줄곧 나를 따라다니면서 괴롭혔다. 아무 하잘것없는 것인데도 둘 중 하나를 선택해야 하는 경우에 처하게 되면, 사람 얼굴 보는 것이 거북해서 혼자 조용히 생각에 잠기려고 사람을 피하게 되곤 했다. 그러면서도 나에겐, 이런 성격을 가진 사람들에게서 흔히 볼 수 있는 극심한 이기주의 같은 것은 없었다. 언제나 나 자신의 문제에 골몰해 있었지만 막상 나 자신에 대한 관심은 별로 없었다. 나는 언제나 마음 한구석에 나 자신도 미처 깨닫지 못하는 어떤 감정의 욕구를 품고 있었다. 그러나 그 욕구는 대개의 경우 채워질 수 없는 것이었고, 그럴 때마다 나는 나의 호기심을 끌었던 대상으로부터 차례로 떨어져 나가곤 했다.

이런 태도는 말하자면 만사에 대한 무관심이었고, 이런 무관심은 결국 죽음에 관한 사색으로 말미암아 더욱 굳어져 버렸다. 죽음에 관한 사색은 젊은 시절부터 나에게 충격을 안겨주었는데, 세상 사람들이 죽음이라는 문제에 관해 어쩌면 그렇게 무관심할 수 있는지, 나는 도저히 이해할 수 없었다.

내가 죽음을 처음으로 목격한 것은 열일곱 살 때였다. 그 무렵 나는 노부인* 한 분을 알고 지냈는데, 뛰어난 재기와 유별난 재능으로 나의 자질을 계발시켜준 분이었다. 다른 많은 여인들과 마찬가지로, 그 노부인 또한 영혼의 위대함과 재능의 탁월함만 믿고 잘 알지도 못하는 사교계에 뛰어

* '플레이아드 판'의 주석에 따르면 이자벨 드 샤리에르(1740~1805)이다. 계몽 시대 네덜란드 태생의 작가로, 인생의 후반부는 스위스 콜롱비에의 시댁에서 살았으며, 혁명기에 스위스로 망명한 많은 프랑스 문화인들과 교류한 것으로 알려졌다.

들었고, 이런 정열을 가지고 인생을 시작했다. 그러나 다른 많은 여인들과 마찬가지로 그녀 역시 사교계의 낯설고 관례적인 풍습에 순응하지 못한 탓으로 꿈은 꺾이고, 청춘은 아무런 환희도 없이 지나가고, 이윽고 노년에 이르게 되었다. 하지만 그녀는 생각을 굽히지 않았다. 불만을 품고 외따로 떨어진 곳에 들어앉아, 자신의 재능만을 방편으로 삼고 자신의 재능만으로 만사를 헤아리면서, 우리 영지와 인접한 성관에 살고 있었다. 우리는 1년 가까이 많은 대화를 나누었다. 둘 사이에 오간 이야기를 통하여 우리는 인생의 여러 측면을 보았고, 또한 이 모든 것은 결국 죽음이라는 대단원에 이르러 끝난다는 사실을 결론으로 얻었다. 그리고 죽음에 관한 이야기를 함께 나누고 난 뒤, 그 죽음이 내 눈앞에서 그 노부인을 쓰러뜨리는 것을 목격했다.

이 사건은 나에게 커다란 충격을 안겨주었다. 내 마음에는 이제 운명이란 결코 믿을 수 없는 것이라는 생각으로 가득 찼고, 밑도 끝도 없이 치솟는 막연한 몽상이 나를 줄곧 사로잡았다. 나는 인생의 덧없음을 노래한 시편들을 즐겨 읽었으며, 또한 인생에서는 어떤 목적도 부질없다는 생각을 갖게 되었다. 그런데 참으로 이상하게도 이런 인상은 세월이 흐름에 따라 희미해져갔다. 그것은 무엇 때문일까? 희망속에는 뭔가 알 수 없는 게 있어서, 희망이 인간의 생애로부터 물러설 즈음이면 그 생애가 보다 엄격하면서도 보다 적극적인 성격을 나타내기 때문일까? 아니면, 마치 구름이 흩어지면 산봉우리가 지평선에 더욱 뚜렷하게 나타나듯이, 모든 환상이 사라지고 나면 그만큼 인생이 더욱 현실적으로 보이기 때문일까?

나는 괴팅겐을 떠나 D라는 작은 도시로 갔다. 이 도시는 어느 대공의 영지로서, 이 대공은 독일 제후들이 대개 그렇듯이 크기가 얼마 안 되는 이 도시를 평화롭게 다스리는 한편, 그곳에 정착하러 오는 학자와 문인 들을 보호하고 완전한 언론의 자유를 보장하고 있었다. 그러나 그곳의 사교계는 오랜 관습 때문에 궁정을 드나드는 정도로 한정되어 있었다. 이런 까닭에 대공 주변에는 평범하고 속물적인 인간들밖에 모여들지 않았다. 그래서 사람들은 그곳에 찾아든 외국인이면 누구에게나 호기심을 가지고, 단조롭고 격식에 치우친 사교계를 부수어주기를 기대했다. 내가 그 도시를 찾아갔을 때 그들은 이런 호기심과 기대감을 잔뜩 가지고 나를 환영해주었다.

여러 달이 지났건만 나는 흥미를 끌 만한 아무것도 찾아낼 수가 없었다. 그들이 베풀어주는 친절에 고마움을 느끼고는 있었으나, 어떤 때는 나의 수줍은 성격 때문에 그 친절을 활용하지 못했고, 또 어떤 때는 부질없이 솟구치는 두려움 때문에 그들이 권하는 따분한 향락보다는 오히려 고독을 즐기곤 했다. 나는 어느 누구에게도 미움이나 원한을 품고 있지 않았다. 하지만 나의 관심을 끌 만한 인물은 아무도 없었다. 그러나 사람이란 무시를 당하면 기분이 상하는 법. 그들은 나의 태도가 쌀쌀맞은 것을 두고, 내가 그들에게 악의를 품고 있거나 아니면 허세를 부리느라 그러는 것이라고 생각했다. 그들과 함께 있으면 따분해진다는 사실을 그들은 믿으려 하지 않았다. 아니, 그런 사실조차 깨닫지 못했다.

이따금 나는 무료해진 마음을 달래려고 깊은 침묵 속으로 달아나곤 했다. 그러면 그들은 이 침묵을 그들에 대한 경멸로 해석했다. 또 어떤 경우에는 침묵이 지겨워진 나머지 약간 농담을 지껄이기도 했는데, 그러면 갑자기 활동을 시작한 지성이 나 자신을 지나치게 절제하도록 만드는 바람에, 나는 한 달 동안이나 관찰해온 그들의 온갖 우스꽝스러움을 한나절 만에 죄다 털어놓고 말았다. 졸지에 이런 이야기를 듣는 쪽에서는 기분 좋을 턱이 없었다. 하지만 내 이야기는 어느 정도 사실을 말하고 있었고, 게다가 단순히 털어놓고 싶다는 욕구에서 나온 것이지 결코 그들에 대한 신뢰나 예의에서 나온 것은 아니었다. 나는 나의 사상과 재능을 맨 처음으로 북돋아주었던 그 노부인과의 대화를 통해, 도덕군자 연하는 헛소리나 독단적인 논리에 대해서는 결코 참지 못하는 버릇을 길러왔다. 그렇기 때문에 속물적인 패들이 도덕이니 관습이니 종교니 하는 것에 관해 이론의 여지조차 없을 만큼 기정사실로 받아들여진 진부한 견해들을 마치 오랜 사색 끝에 찾아낸 가설이라도 되는 듯이 떠들어대는 것을 듣고 있노라면, 나는 그런 꼬락서니를 면박하고 싶어서 욕지기가 날 지경이었다. 이런 느낌이 들곤 하던 것은 그들의 견해에 반박할 의견이 있어서가 아니라, 오로지 그들이 확신하는 그 우둔한 신념을 견딜 수 없기 때문이었다. 그뿐만 아니라 예외도 없을 만큼 당연하고 약간의 견해차도 허용하지 않을 만큼 자명한 일반론을 듣다 보면, 무언지 모를 본능적인 반발심이 솟아나 그것들을 경계하라고 나에게 속삭이는 듯했다. 그 우매한 자들은 그들이 내세우는 도덕을 바늘구멍 하나 없는, 그리고 단 두 쪽으로도 나눌 수 없는 덩어리로 만들려고 애썼다. 그렇게 해야만 그들은 도덕의 간섭을 받지 않고 매사에 자유로이 행동할 수 있다고 생각했기 때문이다.

이러한 처신 덕분에 나는 얼마 안 가서 경박하고 심술궂고 냉소적인 작자라는 평판을 얻게 되었다. 내가 신랄하게 내뱉는 말투에서 그들은 나를 타고난 불평분자라고 생각했으며, 내가 농담이라도 지껄이면 그것을 가장 신성하고 존경스러운 것에 대한 모독이라고 비난했다. 나한테 한 번이라도 조롱을 받아본 자들은 공동보조를 취하면서, 그들이 앞세우는 제반 원칙을 내가 의심하고 있다는 식으로 터무니없는 공격을 가해왔다. 마치 내가 그들의 은밀한 약점을 폭로함으로써 그들과 나 사이의 비밀 협정을 배신이라도 했다는 투였다. 하여간 이러한 공방전이 벌어지는 가운데 그들은 제멋대로 행동하는 데서 즐거움을 얻었고, 나는 나대로 그들이 하는 짓거리를 폭로하는 데서 기쁨을 느꼈다. 그래서 그들이 배신이라고 부르는 의미가 나에게는 지극히 솔직하고 적절한 보상으로 생각되었다.

나는 여기서 변명하려는 게 아니다. 세상 물정에 어두운 풋내기들이 흔히 저지르는 그 안일하고도 경박한 버릇을 벗어던진 지가 벌써 오래되었다. 그리고 지금 나는 사교계를 떠난 몸이다. 그래서 몇 마디 덧붙이고 싶은 말이 있는데, 그것은 사교계에 드나들면서 이해타산과 허세, 허영심, 두려움 따위로 똘똘 뭉친 족속들과 친숙해지려면 제법 많은 시간이 필요하리라는 점이다. 아직 나이 어린 젊은이가 번잡스럽고 부자연스러운 사교계를 보고 놀라는 것은, 그 젊은이가 편협하고 졸렬한 재능을 가지고 있어서가 아니라 오히려 자연스럽고 순진한 마음을 지녔기 때문이다. 더구나 이 사교계란 곳은 이런 점을 두려워하기는커녕 아랑곳조차 하지 않는데, 바로 거기에 더 큰 문제가 있다. 사교계가 우리를 짓누르는 무게가 너무 무겁고 끼치는 영향이 워낙 크기 때문에, 그곳에 발을 들여놓으면 얼마 안 가서 우리는 그곳이 내세우는 보편이라는 이름의 틀 속에 갇혀버리고 만다. 이렇게 되면 우리는 이전에 몰랐던 우리 자신의 모습에 놀라게 되고, 이 지경에 이르면 우리는 새롭게 나타나 보이는 환경 속에 안주해버리게 된다. 그것은 마치 사람들로 가득 찬 극장에 들어갈 때는 숨이 막힐 것 같지만, 나중에는 그 탁한 공기에 익숙해져서 어려움 없이 숨 쉴 수 있는 것과 같다.

만약에 몇몇 사람이 이 같은 일반적 운명에서 벗어난다고 하면, 그들은 필경 마음속에 남모르는 정신적 상처를 품고 있게 마련이다. 대개의 웃음거리 속에는 죄악의 씨앗이 숨겨져 있음을 알고 있기 때문에, 그들은 더 이상 자기 자신을 비웃지 못한다. 왜냐하면 비웃음이 솟구치던 마음의 웅덩이에는 모멸감이 대신 들어차고, 그 모멸감은 침묵한 상태로 그 자신을 누르기 때문이다.

그리하여 내 주변 사람들 사이에는 내 성격을 두려워하는 야릇한 분위기가 조성되었다. 이제 그들은 나의 행동이나 말투에서 비난할 만한 꼬투리를 단 한 가지도 찾아내지 못했다. 아니, 그들은 오히려 나의 행동에서 관용과 충실을 깨닫기 시작했다. 그러면서도 여전히 나에 대해 '부도덕한' 인간이라느니 '신뢰할 수 없는' 사람이라느니 하고 비난을 해댔다. 그런데 이 두 형용사는 자신도 깨닫지 못한 사실을 남에게 암시하거나 자기가 모르는 일을 남에게 짐작시키기 위해 교묘히 만들어낸 표현이었다.

제2장

경솔하고 부주의하고 권태로운 나머지, 나는 내가 남들에게 어떤 인상을 주고 있는지조차 깨닫지 못한 채, 공부하다가 때려치우고, 실천하지도 못하는 계획이나 세우고, 별다른 흥미도 없는 놀이에 빠지면서 그냥저냥 하루하루를 보내고 있었다. 그러던 차에 겉으로 보기에는 아주 하잘것없는 사건이 내 생활에 중대한 변화를 가져다주었다.

나와 약간 친분이 두터운 젊은이가 있었는데, 그는 여러 달 전부터 우리가 지내고 있는 사교계 안에서는 그나마 괜찮은 축에 드는 어떤 부인의 호감을 사려고 노심초사하고 있었다. 그의 애정 문제에 관한 한 나는 지극히 무관심한 말상대였다. 오랜 노력 끝에 그는 마침내 사랑을 얻는 데 성공했다. 그 사랑을 얻기까지의 속사정과 괴로움을 나에게 줄곧 토로해왔기 때문에, 성공담마저 털어놓는 것이 당연하다고 그는 생각했다. 그의 열광과 환희는 무엇과도 비길 수 없을 정도였다. 그런 행복을 바라보면서, 아직껏 그런 경험을 해보지 못한 나로서는 지나온 세월이 후회스러웠다. 그때까지도 나의 자존심을 채워줄 만한 이성 관계를 맺어본 적이 없었던 것이다. 새로운 미래가 눈앞에 펼쳐지는 듯싶었다. 새로운 욕망이 가슴속 깊은 곳에서 솟아났다. 물론 이 욕망 속에는 어느 정도 허영심이 깃들어 있기는 했으나, 순전히 허영심만 섞인 것도 아니었다. 어쩌면 허영심은 나 자신이 생각했던 것보다 훨씬 적었는지도 모른다. 사람의 감정이란 참으로 모호하고도 복잡한 것이다. 그것은 눈으로 붙잡을 수 없는 수많은 인상들로 이루어져 있다. 그러므로 우리가 쓰는 말은 언제나 조잡하고 또 너무 일반적이어서, 그런 감정을 뭐라고 지칭할 수는 있을지 모르겠지만, 그 감정을 어떤 것이라고 규정짓는 데에는 별 소용이 없다.

아버지의 집에서 지내는 동안 나는 여성에 관해 매우 부도덕한 견해를 가지고 있었다. 아버지는 외형적인 예의범절에 대해서는 매우 엄격한 태도를 지키면서도, 연애 관계에 대해서는 상당히 경박한 말을 거침없이 내뱉는 경우가 많았다. 아버지는 연애를 공공연하게 내세워서도 안 되지만 그렇다고 비난받을 만한 것도 아니라고 여겼고, 오로지 결혼만이 진지한 관계라고 생각하고 있었다. 젊은이는 무분별한 짓을 하지 않도록, 그러니까 재산과 가문과 외적 조건 따위가 대등하지 못한 여자와 지속적인 관계를 가지는 일이 없도록 조심해야 한다는 것이 아버지의 주장이었다. 그뿐만 아니라 여자란 — 결혼 문제가 뒤따르지 않는 한 — 손에

넣었다가 때가 되면 떨쳐버려도 아무 불편이 없는 존재라고 여기고 있었다. 그리고 나는 언젠가 아버지가 '그것이야말로 여자에게는 별다른 피해를 주지 않으면서 남자에게는 커다란 기쁨을 안겨준다!'라는 명언을 연애 관계에 빗대면서, 참으로 그럴싸한 말이라는 듯 껄껄 소리 내어 웃는 것을 본 적이 있었다.

사춘기에 접어든 아이들에게 이런 종류의 언행이 얼마나 깊은 인상을 심어주는 것인지 사람들은 잘 모른다. 또한 아직은 사상이 뿌리내리지 못한 나이에 이르러, 지금까지 스승이나 부모의 가르침을 통해 모범적인 행동이라고 배워온 것들이 결국 그 어른들에 의해 웃음거리가 되어버리는 것을 보면서 아이들이 얼마나 놀라고 당혹스러워하는지 사람들은 잘 모른다. 어른들 입장에서야 모범적인 행동이라는 것이 마음의 안정을 얻기 위해 되풀이하는 판에 박힌 생활의 한 방편일 테지만, 아이들에게는 웃음거리에만 인생의 진정한 비밀이 숨겨져 있는 것처럼 생각되는 것이다.

막연한 감정에 사로잡힌 채 연애하고 싶다는 생각으로 주위를 둘러보면, 그러나 사랑의 감정을 불러일으키는 여자는 단 한 사람도 없었고, 내 사랑을 받아줄 것 같은 여자도 없었다. 그래서 나는 내 마음과 취향에 문제가 있는 것은 아닐까 하고 자문해보기도 했다. 내가 좋아하는 게 과연 어떤 것인지조차 분간이 안 섰다. 이처럼 속으로 끙끙 앓고 있을 즈음에 나는 P 백작과 알게 된 것이다. P 백작은 막 40대에 접어든 남자로, 우리 집안과는 친척 관계였다. 그가 나를 집으로 초대했다. 아아, 불행한 방문이여! 그의 집에는 폴란드 태생의 여자가 첩으로 들어와 살고 있었는데, 그녀는 아주 젊지는 않았으나 미인이라는 평판이 자자했다. 그녀는 어려운 처지에 놓여 있음에도 불구하고 여러 경우에 뛰어난 성품을 보여주곤 했다. 그녀의 집안은 폴란드에서 상당한 명문이었으나, 그 나라에서 일어난 난리 통에 몰락하고 말았다. 그녀의 부친은 추방당하고, 모친은 딸을 데리고 피난처를 찾아 프랑스로 갔는데, 그곳에서 모친이 죽고 나자 그녀는 의지가지없는 외톨이 신세가 되고 말았다. 그래서 P 백작의 첩으로 들어오게 된 것이다.

내가 엘레노르를 처음 만났을 때는 두 사람의 관계가 이미 오래전부터 자리를 잡고 있어서, 말하자면 공인된 사실이었기 때문에, 그들의 관계가 어떤 관계인지를 나는 전혀 몰랐다. 그러나 어쨌든 그녀가 내보이는 교양이며 몸가짐, 그리고 그녀 성격의 큰 부분을 이루고 있는 고상한 기품과 자존심, 이런 것들과 견주어볼 때 그녀는 전혀 걸맞지 않은 세계에서 살고 있었다. 그 이유는 무엇일까? 그녀가 처해 있던 불우한 환경 때문일까? 아니면 아직 젊은 나이에서 오는 무경험 때문일까? 누구나 다 알고 있고, 그래서 나도 알게 된 사실이지만, P 백작이 파산당하고 신체의 자유마저 위협

받게 되었을 때 엘레노르는 헌신적으로 백작을 도왔으며, 아무리 호사로운 제의가 들어와도 헌신짝처럼 뿌리치고, 열성과 기쁨으로 백작의 곤경과 가난을 함께했기 때문에, 아무리 엄격하고 타산적인 사람이라 할지라도 그녀가 백작과 관계를 맺은 동기에 대해 어떤 의혹도 가질 수 없었으며, 그녀의 행동거지 하나하나가 청렴하고 결백하다는 것을 인정하지 않을 수 없었다. 더구나 백작이 재산을 일부나마 건질수 있었던 것도 오로지 그녀의 활동과 용기와 이성과, 온갖어려움을 불평 없이 견뎌온 희생 덕택이었다. 그들이 D 시로 이사 온 것은 어떤 소송사건 때문이었는데, 그 결과에 따라서는 백작한테 예전의 호사를 되돌려줄 수도 있는 사건이었다. 그들은 여기서 약 2년 동안 체류할 예정이었다.

엘레노르의 지적 소양은 평범했다. 그러나 그녀의 사고방식은 올발랐고, 그녀의 표현은 언제나 단순하면서도 말투에 깃들인 고상하고 기품 있는 감정 덕분에 듣는 사람을 감동시키는 경우가 많았다. 그녀는 편견이 많았으나, 그것은 모두 그녀 자신의 이해利害와 상반되는 것들이었다. 그녀는 엄정하고 올바른 품행에 최대의 가치를 주고 있었는데, 왜냐하면 그녀 자신의 처지가 세간의 관점에서 보면 결코 엄정하고 올바른 것이 못 되었기 때문이다. 그녀는 신앙심이 대단히 깊은 여자였다. 자신과 같은 삶을 엄격히 꾸짖어주는 것은 종교밖에 없다고 생각하고 있었다. 그리고 그녀의 신분 때문에 남들이 혹시나 얕잡아 보고 지나친 농담을 함부로 하지나 않을까 두려운 나머지, 다른 여성에게라면 허물 없는 농담에 불과한 것도 자기 앞에서는 일절 꺼내지 못하도록 금지시키고 있었다. 그녀는 어쩌면 가장 지체 높고 품행이 반듯한 사람들만 자택에 초대하고 싶었는지 모른다. 왜냐하면 아무하고나 교제하고, 따라서 존경을 잃는 것쯤은 염두에도 없으며 인간관계에서 추구하는 것이라고는 오직 향락밖에 없는 그런 족속의 여자들과 자신이 나란히 비교되는 것을 그녀는 무엇보다 싫어하고 두려워했기 때문이다. 한마디로 말해서 엘레노르는 자신의 운명과 끊임없는 투쟁을 벌이고 있었다. 다시 말하자면 그녀는 일거수일투족을 통하여 자신이 처해 있는 계급에 반항하고 있었던 것이다. 그러나 현실이 자기보다 강하고, 아무리 발버둥 쳐보았자 자신의 처지를 조금도 바꿀 수 없으리라는 것을 깨달았을 때 그녀는 무척이나 불행한 느낌을 억누를 수 없었다.

그녀는 P 백작과의 사이에 두 아이를 낳았는데, 이 아이들을 그녀는 지나치다 싶을 정도로 엄하게 키우고 있었다. 그녀가 자식들에게 쏟는, 애정이라기보다 오히려 열정적인 애착에는 내밀한 반항심이 섞여 있었는지도 모른다. 그래서 때로는 자식들이 그녀에게 귀찮은 존재가 아닐까 여겨질 정도였다. 사람들이 호의를 보이느라 아이들이 장차 커서 어떤 인물이 될 것인지를 이야기하는 경우라도 있게 되면, 그녀는 언젠가 자식들에게 자신의 신분을 밝혀야만 하리라는 생각에 지레 겁을 먹고 파랗게 질리는 것이었다. 그리고 별로 대수롭지 않은 위험에 닥치거나 단 한 시간을 떨어져 있게 되어도 그녀는 근심에 겨워서 자식들에게 달려가곤 했다. 이런 염려 속에는 일종의 회한과 더불어, 자식들에게 애정을 쏟음으로써 자기는 누려보지 못했던 행복을 맘껏 베풀어주리라는 열망이 깃들어 있었다.

그녀의 감정과 그녀가 처해 있는 사회적 지위가 이처럼 서로 양립할 수 없다는 사실이 그녀의 기분을 몹시 불안하게 만들었다. 그녀는 대체로 몽상적이고 과묵한 편인데도, 때로는 무엇에라도 쫓기는 듯 성급하게 말하곤 했다. 그녀는 유별난 강박관념에 사로잡혀 있는 경우가 많았기 때문에, 지극히 평범한 이야기를 나누는 중에도 좀처럼 가만히 있지를 못했다. 게다가 그녀의 태도에는 어딘지 모르게 조급하고 부주의한 구석이 있어서, 그녀로 하여금 타고난 것보다 훨씬 쌀쌀맞은 인상을 풍기게 했다. 사람들은 흥미와 호기심을 가지고, 마치 아름다운 폭풍우가 다가오는 것을 바라보듯 그녀를 주시하곤 했다.

때마침 내 가슴이 사랑에 목마르고 내 허영심이 성공을 탐내고 있을 즈음 내 눈에 띈 엘레노르는 한번 정복해볼 만한 여자로 여겨졌다. 그녀도 그때까지 보아온 여느 사내들과는 다른 남자와 사귀게 된 것을 기쁘게 생각하는 듯했다.

그녀의 사교 범위는 P 백작의 친구들과 몇몇 친척들, 그리고 그들이 동반하는 부인들로 한정되어 있었는데, 그들은 백작의 위세에 눌려 하는 수 없이 엘레노르를 백작의 아내로 인정하고 있는 눈치였다. 남자들은 거의가 감정도 메마르고 생각도 모자란 패들이었고, 여자들도 속물적이기는 마찬가지였으나, 다만 다른 점이 있다면 남편들처럼 직업이나 용무의 규칙성에서 생겨나는 안정감이 없는 탓으로 초조함이나 불안감 따위가 훨씬 심하게 나타나는 것뿐이었다. 이들에 비하면, 내가 보여주는 유쾌한 농담과 다양한 주제의 대화는 우울함과 쾌활함, 낙담과 흥미, 열광과 풍자가 어우러진 독특한 분위기를 자아냄으로써 엘레노르를 놀라게 하는 동시에 그녀의 마음을 끌기에 충분했다.

그녀는 여러 나라 말을, 실은 불완전하지만 언제나 활기 넘치게, 때로는 우아하게 구사할 줄 알았다. 그녀의 생각은 언어의 장벽을 통과함으로써, 아니 언어의 장벽과 씨름함으로써 더욱 유쾌하고 더욱 순진하고 더욱 참신한 모습으로 나타나는 듯했다. 왜냐하면 같은 뜻이라도 외국어로 말하면 왠지 신선한 느낌이 들고, 게다가 그 뜻을 진부하고 부자연스럽게 만드는 표현을 씻어내 주기 때문이다. 우리는 함께 영국 시인의 시를 읽었고, 함께 산책을 즐겼다. 나는 오전에 찾아가서 그녀를 만나고, 저녁때 다시 찾아가곤 했다. 그러면서 우리는 많은 이야기를 나누었다.

나는 냉정하고 공정한 관찰자로서 그녀의 성격과 재능을 살피고 헤아렸다. 그러나 그녀가 나에게 들려주는 한마디 한마디는 형언할 수 없는 매력으로 싸여 있었다. 그녀의 마음을 끌기 위해 나는 갖가지 계획을 궁리하곤 했는데, 이런 노력은 내 생활에 새로운 흥미를 자아냄으로써 내 존재를 전에 없이 활기차게 만들었다. 이 마법과도 같은 작용은 순전히 그녀의 매력 덕분이었다. 그리고 나의 자존심 — 제삼자로서 걸핏하면 둘 사이에 끼어들곤 했다 — 에 대한 거리낌만 없었다면 나는 더욱 큰 즐거움을 얻을 수 있었을 것이다. 나는 내가 세운 목표를 향해 가능한 한 빨리 나아가야 한다고, 마치 의무감처럼 느끼고 있었다. 그 때문에 나는 기분에만 마음껏 젖어 있을 수가 없었다. 말만 꺼내면 성공은 문제없으리라는 생각에 하루라도 빨리 속마음을 털어놓고 싶었다. 그러다가도 내가 과연 엘레노르를 사랑하고 있는지 확신이 서지 않았다. 그러나 나는 그만둘 수가 없었다. 그녀는 나를 끊임없이 사로잡았다. 나는 수많은 계획을 짜고, 그녀를 정복할 수 있는 갖가지 방법을 궁리했다. 한 번도 실행해보지 않았기 때문에 더욱 성공하리라 확신하는 그 무경험의 자만심으로.

그러면서도 극복할 수 없는 소심증이 나를 가로막고 있었다. 내가 꺼내고자 하는 말들은 입술 위에서 증발해버리거나, 아니면 미리 마음에 두었던 것과는 전혀 다른 엉뚱한 말로 끝나버리곤 했다. 나는 속으로 몸부림쳤다. 그런 나 자신이 더없이 싫고 미웠다.

마침내 나는 이 갈등으로부터 그다지 체면을 구기지 않고도 벗어날 수 있는 구실을 찾아냈다. 결코 서두르지 말자. 엘레노르는 지금 내가 마음먹고 있는 사랑의 고백에 대해 전혀 마음의 준비가 안 되어 있어. 그러니 좀더 기다려. 나는 이렇게 속으로 다짐했다. 우리는 언제나 마음의 안정을 얻기 위해 우리 자신의 무력함이나 나약함 따위를 체면이나 자존심으로 가장시키는 버릇이 있다. 그렇게 함으로써 우리 마음속에 숨겨진 부분, 말하자면 우리 마음속에 숨어 있는 관찰자를 만족시켜주는 것이다.

이런 상태가 계속되었다. 날마다 나는 그다음 날을 결정적인 고백을 털어놓기 위한 마지막 시기로 정해놓았다. 그러나 막상 그날이 되면 전날처럼 흘러가버리는 것이었다. 나의 이 같은 소심증은 엘레노르와 헤어지자마자 사라져버리고, 그러면 나는 또다시 교묘한 계획을 짜내고 깊은 책략을 꾸몄다. 그러나 그녀 앞에만 가면 나는 다시금 온몸이 떨리고 마음이 혼란스러워졌다. 나 혼자 있을 때의 내 속을 들여다본 사람이라면 나를 더없이 냉혹하고 비정한 유혹자라고 생각했을 것이고, 그녀 곁에 있는 나를 본 사람이라면 더없이 순진하고 열렬한 연인으로 여겼을 것이다. 사람들은 이 두 개의 얼굴을 각각 나의 참모습으로 생각했을지 모르나, 실은 그 어느 것도 진정한 모습이 아니었다. 무릇 사람에게는 완벽한 조화가 있을 수 없다. 성실만으로 똘똘 뭉친 사람도 없고, 온통 악의만 가진 사람도 없는 법이다.

말로는 직접 털어놓을 용기가 없다는 것을 몇 번의 경험으로 깨닫게 되자, 그렇다면 그녀에게 편지를 쓰자고 작정했다. 때마침 P 백작은 출타하고 집에 없었다. 우유부단하면서도 격렬한 성격, 그 때문에 오랫동안 겪어온 내적 갈등, 내 유혹이 과연 성공할 수 있을까에 대한 조바심, 이런 것들이 연애 감정과 아주 흡사한 흥분을 편지에 쏟아놓도록 만들었다. 게다가 편지를 다 쓰고 나서 읽어보니까, 나 자신의 문투에 빠진 나머지 안간힘을 다 바쳐 표현하고자 애쓴 정열의 흔적이 역력히 나타나 있었다.

엘레노르가 내 편지에서 본 것은, 자기보다 열 살이나 연하인 남자의 마음속에 지금 막 미지의 감정으로 눈뜨기 시작한, 분노보다는 동정이 앞서는 일시적인 정열이었다. 그녀는 친절하게 답장을 보내왔는데, 애정 어린 충고와 함께 성실한 우정을 약속하면서도, P 백작이 돌아올 때까지는 나를 만날 수 없다고 쓰여 있었다.

이 답장을 읽고 나는 크게 낙담했다. 앞에 나타난 장애물을 어찌할 줄 모른 채 몸부림쳤다. 한 시간 전만 해도 이것이 사랑이리라 상상하며 우쭐대던 그것을 나는 갑자기 열광적으로 체험하는 듯했다. 나는 곧바로 엘레노르에게 달려갔으나 그녀는 외출하고 없었다. 나는 그녀에게 편지를 남겼다. 마지막이라도 좋으니 한 번만 만나달라고 애원하고, 나의 절망과 그녀의 잔인한 결심이 나에게 안겨준 쓰라린 고통을 애절한 언어로 엮어냈다. 온종일 나는 회답이 오기를 초조하게 기다렸다. 내일은 어떤 어려움이 있더라도 엘레노르를 찾아가서 속마음을 털어놓으리라 몇 번이고 다짐하면서, 말할 수 없을 만큼 치솟는 고통을 겨우 진정시켰다. 그날 저녁에 그녀로부터 간단한 전갈이 왔다. 편지에 쓰인 말투는 상냥했지만, 나는 그녀가 슬픈 마음으로 후회하고 있다는 인상을 받았다. 그러면서도 그녀는 앞서 알려온 결심을 고집하고 있었다. 이튿날 나는 그녀를 찾아갔다. 그녀는 시골로 떠나 집에 없었다. 장소는 하인들도 알지 못했다. 편지를 보내려 해도 전할 방법이 없었다.

어떻게 하면 그녀를 다시 만날 수 있을까를 궁리하기는커녕, 나는 망연자실한 채 그녀의 집 문간에 오랫동안 서 있었다. 내가 그토록 괴로워하고 있다는 사실에 나 자신도 깜짝 놀랐다. 내가 원하는 것은 사랑에 성공하는 것뿐이다, 이것은 언제라도 포기할 수 있는 한낱 시도에 불과하다, 이렇게 중얼거리던 때가 기억났다. 나는 가슴을 갈기갈기 찢어놓는 이 격렬하고 견딜 수 없는 고통을 전혀 헤아릴 수가 없었다. 이런 상태로 며칠이 지나갔다. 나는 마음을 진정시킬 수도, 공부에 몰두할 수도 없었다. 나는 매일처럼 엘레노르의 집 앞을 서성거렸다. 나는 마을을 이곳저곳 돌아다녔다. 마치 길모퉁이를 지날 때마다 그녀와 마주칠 수 있으리라는 듯이. 하루는 그렇게 정처 없이 걷고 있는데 ── 이렇게 무작정 걷고 있으면 육신은 지칠망정, 마음의 고통을 더는 데에는 도움이 되었다 ── 여행에서 돌아오는 P 백작의 마차가 보였다. 그는 나를 보더니 마차에서 내렸다. 평범한 몇 마디 인사말을 나눈 뒤, 나는 마음의 동요를 감춘 채 엘레노르가 갑자기 떠난 이유를 물어보았다.

"여기서 몇 리 떨어진 곳에 친구가 살고 있는데, 무슨 일인지는 모르지만 그 친구한테 딱한 사정이 생겼다는군. 그래서 엘레노르는 그 친구를 찾아가 위로라도 해주어야겠다고 생각한 모양이야. 감정이 하도 예민한 여자라서, 늘 뛰어다니며 남을 위해 자기를 희생해야만 마음이 놓인다는 거지. 떠나면서 나하고는 한마디 상의도 없었네. 하지만 내가 돌아왔으니까 집사람도 돌아와야겠지. 그래서 편지를 보내려고 한다네. 아마 며칠 안에는 돌아오겠지."

백작의 다짐이 내 마음을 달래주었다. 나는 고통이 진정되는 것을 느꼈다. 엘레노르가 떠난 이후 나는 처음으로 편히 숨을 쉴 수 있었다. 그러나 그녀의 귀가는 백작의 예상만큼 빠르지 못했다. 하지만 나는 이미 정상적인 생활을 되찾았고, 지금까지 겪어온 근심도 사라지기 시작했다. 그럭저럭 한 달이 지난 어느 날 P 백작이 전갈을 보내왔다. 그날 저녁에 엘레노르가 돌아온다는 것이다. 엘레노르가 자신의 처지 때문에 사교계에서 따돌림당하고 있음을 알고 있는 백작으로서는, 그녀의 처지나 성격에 걸맞은 자리를 마련하는 일이 무척 중요하다는 것도 알고 있었다. 그래서 그는 친구와 친척 들의 부인들 가운데 엘레노르에게 호감을 가지고 있는 이들만 골라서 만찬에 초대했다.

잠시 잊혔던 추억들이 처음엔 어렴풋이, 그러나 점점 생생한 모습으로 되살아났고, 그 되살아나는 추억 속에 내 자존심이 뒤엉켜 올랐다. 나를 아이 다루듯 했던 여자와 다시 만나는 일에 나는 당혹감과 굴욕감을 느꼈다. 내가 나타나면 그녀는 잠깐 동안의 부재가 한 젊은이의 격앙된 마음을 가라앉혀주었으리라 여기며, 미소 가득한 얼굴로 나를 바라볼 것만 같았다. 그리고 그 미소 속에는 ── 짐작건대 ── 나에 대한 일종의 경멸이 섞여 있을 터였다. 내 감정은 점점 눈뜨기 시작했다. 바로 그날 나는 엘레노르에 관해 아무런 느낌도 없이 잠에서 깨어났는데, 그녀가 도착했다는 소식을 받고 한 시간쯤 지나자 그녀의 모습이 눈앞에 어른거리고, 내 마음은 온통 그녀에 대한 생각으로 들끓기 시작했다. 그녀를 만나지 못하면 어쩌나 하는 두려움으로 나는 열병 난 사람처럼 신음했다.

나는 온종일 집 안에 틀어박혀 있었다. 말하자면 숨어 있었다. 조금이라도 움직이면 그녀를 만나는 데 장애가 될까 봐 떨고 있었다. 그녀를 만나는 것은 너무도 분명하고 확실한 일이었다. 그런데도 그녀를 보고 싶다는 열망이 너무 강렬한 나머지 오히려 불가능한 일처럼 생각되었다. 초조해서 견딜 수가 없었다. 나는 쉴 새 없이 시계를 꺼내 보곤 했다. 숨을 돌리기 위해서 창문을 열지 않으면 안 되었다. 붉은 피가 내 몸을 구석구석 돌며 태우고 있었다.

드디어 백작 댁으로 가야 할 시간이 되었다. 초조했던 내 마음은 망설임으로 변해갔다. 나는 천천히 옷을 갈아입었다. 이제는 빨리 가고 싶은 마음이 없었다. 나의 기대가 어긋날지도 모른다는 두려움이 솟아났다. 그리고 만약에 그렇게 되었을 경우 내가 겪어야 할 고통이 생생하게 느껴졌다. 그래서 나는 가능하다면 모든 게 연기되어도 좋으리라는 생각을 했다.

약속 시간보다 약간 늦어서 P 백작의 저택에 도착했다. 나는 엘레노르가 방 한구석에 앉아 있는 것을 보았다. 감히 다가갈 수가 없었다. 모든 눈길이 나를 향하고 있는 것만 같았다. 나는 객실 한구석에서 잡담을 나누고 있는 사람들 뒤로 몸을 숨겼다. 그곳에서 엘레노르를 물끄러미 바라보았다. 그녀는 약간 변한 듯했다. 여느 때보다도 창백해 보였다. 백작은 내가 일종의 피난처에 숨어 있는 것을 보더니, 내게로 다가와 손을 잡고 엘레노르에게 이끌고 갔다. 그러고는 웃으면서 엘레노르에게 말했다.

"당신이 뜻하지 않게 집을 떠나자 가장 놀란 사람들 중의 한 분을 소개하리다."

엘레노르는 곁에 있는 어떤 부인과 이야기를 나누고 있었다. 그녀는 나를 보더니 하던 말을 멈추고 매우 당황한 표정을 지었다. 곤혹스럽기는 나도 마찬가지였다.

나는 엘레노르에게 평범한 인사말을 몇 마디 건넸다. 우리는 겉으로는 냉정을 되찾고 있었다. 식사가 준비되었다고 하기에 나는 엘레노르에게 팔을 내밀었다. 아무리 냉정한 그녀도 이 제의는 거절할 수 없었다. 나는 그녀를 식당으로 안내하면서 말했다.

"내일 11시에 만나준다고 약속해주세요. 안 그러면 저는 당장 떠나고 말겠습니다. 고향과 집과 아버지를 버리고, 모든 인연을 끊고, 모든 의무를 포기하고, 당신이 괴롭히며 즐거워하는 이 삶을 한시라도 빨리 끝장내기 위해 어딘가로 사라지고 말겠습니다."

"아돌프!"

그녀는 내 이름을 부르고 나서 잠시 머뭇거렸다. 나는 그녀한테서 떨어지려는 몸짓을 했다. 내 얼굴이 어떤 표정이었는지는 모르지만, 나는 그처럼 심한 경련을 느낀 적이 없었다.

엘레노르가 나를 쳐다보았다. 애정이 뒤섞인 공포가 얼굴에 가득했다.

"내일 오세요. 하지만 부탁이……"

많은 사람들이 우리 뒤를 따르고 있어서 그녀는 말을 맺지 못했다. 나는 팔로 그녀의 손등을 지그시 눌렀다. 그리고 우리는 식탁에 앉았다.

나는 엘레노르 곁에 앉고 싶었다. 그러나 집주인은 다른 자리를 잡아주었다. 나한테 배정된 자리는 그녀와 거의 맞은편 자리였다. 만찬이 시작될 즈음 그녀는 생각에 잠겨 있었다. 남이 말을 걸어오면 상냥하게 대꾸하면서도, 금세 다시 멍한 상태로 빠져들곤 했다. 그녀가 아무 말도 없이 넋 나간 얼굴로 앉아 있는 것을 보고, 친구 하나가 혹시 아픈 데라도 있느냐고 물었다. 그러자 그녀가 대답했다.

"요 며칠 동안 몸이 좀 불편해요. 아직까지도 기운을 낼 수가 없군요."

나는 엘레노르의 마음에 유쾌한 기분을 심어주고 싶었다. 내가 다정하고 재치 있는 사람이라는 것을 보여줌으로써 그녀를 내 마음대로 휘어잡고, 동시에 그녀가 허락한 내일의 만남을 준비하려고 했다. 그래서 온갖 수단을 동원하여 그녀의 관심을 끌려고 애썼다. 나는 그녀의 흥미를 끌 만한 주제로 대화를 이끌어나갔다. 옆자리 사람들이 우리 대화에 끼어들었다. 나는 그녀가 내 앞에 있다는 사실만으로도 힘이 났다. 내 노력은 마침내 성공을 거두어, 그녀로 하여금 대화에 귀를 기울이도록 했고, 얼마 안 가서 그녀는 얼굴에 미소까지 지었다. 나는 무척 기뻤다. 내 눈은 고마움으로 빛났고, 그 때문에 그녀도 감동한 듯했다. 그녀의 슬픔과 맥 빠진 표정은 어느덧 사라졌다. 자기 때문에 내가 행복해하는 것을 보면서 그녀는 마음속에 피어오르는 은근한 기쁨을 더 이상 감추거나 물리치려 하지 않았다. 그리하여 식탁에서 일어설 무렵에는, 우리의 마음은 이제껏 한 번도 어긋난 적이 없었던 것처럼 서로가 서로를 이해하는 듯한 기분이었다. 나는 객실로 돌아가기 위해 그녀에게 손을 내밀면서 말했다.

"보다시피 저의 모든 것은 부인의 처분에 달려 있습니다. 제가 무슨 짓을 했기에 부인께서는 저를 고통에 빠뜨리면서 즐거워하시는 겁니까?"

제3장

그날 밤 나는 잠을 한숨도 이루지 못했다. 내 마음속에는 엘레노르를 어떻게 하리라는 따위의 계산도, 계획도 없었다. 내가 느끼는 것은 오로지 그녀를 향한 진정한 사랑뿐이었다. 어떻게 하면 사랑을 성공시킬 수 있을까 하는 생각도, 또 사랑에 꼭 성공하고 싶다는 욕망도 없었다. 오직 사랑하는 그녀를 만나, 그녀와 함께 지내고 싶은 마음만 간절할 뿐이었다.

11시를 알리는 시계 종소리가 들려왔다. 나는 엘레노르의 집으로 갔다. 그녀는 나를 기다리고 있었다. 나를 보자 먼저 입을 열려고 했지만, 나는 그녀의 입을 막고 우선 내 이야기부터 들어줄 것을 간청했다. 나는 그녀 곁에 앉았다. 몸을 가누기조차 힘들었기 때문이다. 나는 터질 듯한 가슴을 억누르며 말을 꺼냈다. 말이 중간중간에 자꾸만 끊겼다.

"부인께서는 저를 다시 만날 수 없다고 분명히 말씀하셨습니다. 그런데도 저는 다시 만나줄 것을 부탁드렸습니다. 오늘 제가 여기 온 것은 부인께서 하신 말씀에 항의하거나,

제가 드렸던 고백을 철회하려고 해서가 아닙니다. 그런 게 다 무슨 소용이겠습니까. 하지만 저는 이 점을 말씀드리고 싶습니다. 부인께서는 저의 애정을 귀찮아하시지만, 그러나 이 사랑은 영원할 것입니다. 저는 지금 부인께 제 마음을 털어놓으면서 좀더 냉정해야 한다고 속으로 애쓰고 있는데, 이런 노력조차 결국은 당신의 마음을 상하게 만들 뿐이라는 걸 잘 압니다. 하지만 그 이유가 무엇이겠습니까? 그만큼 저의 사랑이 간절하기 때문입니다. 그건 당신도 충분히 짐작하고 계실 겁니다. 물론 제 말을 먼저 들어달라고 부탁한 게 이런 얘기를 하려고 한 건 아닙니다. 오히려 그 반대입니다. 어제 일을 잊어주세요. 흥분에 휩싸였던 그 순간을 잊어주십시오. 그래서 전처럼 저를 맞아주세요. 제가 당신을 사모하고 있다는 건 저 혼자서만 마음속에 간직해두어야 할 비밀이었어요. 그런데 괜한 흥분에 겨워 그 비밀을 털어놓고 말았습니다. 저의 실수였어요. 부디 저의 실수를 용서하시고, 어제 있었던 일은 모두 잊어주십시오. 저의 처지를 이해하시리라 믿습니다. 남들은 저를 두고 성질이 괴팍하다느니 비사교적이라느니 하고 떠들어대지만, 제 마음은 세속적인 이해관계에 무관심하고, 사람들과 함께 어울릴수록 외롭기만 하고, 그러면서도 그 외로움 때문에 고통을 겪고 있습니다. 이런 환경 속에서 부인을 만나게 되었고, 당신의 우정이 저를 지탱해주었던 겁니다. 이 우정 없이는 단 하루도 살아갈 수가 없습니다. 저는 부인을 만나는 일에 버릇이 들어버렸습니다. 달리 말하면 당신은 저를 그 감미로운 버릇에 길들여지도록 거듭나게 만든 겁니다. 그 달콤한 버릇은 제가 이 슬프고도 적막한 인생에서 찾아낸 유일한 위안입니다. 그런데 왜 그 하나밖에 없는 위안마저 잃어야 한다는 겁니까? 두렵습니다. 두렵도록 불행한 일입니다. 그토록 오랫동안 참아온 불행을 이제 더는 견뎌낼 용기가 없습니다. 저는 아무것도 바라지 않습니다. 아무것도 요구하지 않습니다. 당신을 만나는 것 말고는 아무것도 원하지 않습니다. 그렇습니다. 저는 당신을 만나야 합니다. 그렇지 않고는 더 이상 살아갈 수가 없습니다."

엘레노르는 침묵을 지켰다.

"뭐가 두려우십니까? 그리고 제가 부인께 요구하는 게 뭐죠? 그건 당신이 누구에게나 다 허락하고 있는 일이지 않습니까? 그렇다면 무엇이 두려운 겁니까? 이 사교계인가요? 점잔이나 빼고 하찮은 일에나 관심을 쏟을 뿐, 제 마음조차 헤아리지 못하는 이 사교계 말인가요? 아니면, 제가 신중하지 못하다고 여겨서 그러는 건가요? 하지만 생각해보세요. 제 인생이 걸린 일인데 그럴 리가 있겠습니까? 엘레노르, 제발 제 간청을 들어주세요. 당신도 어느 정도 즐거움을 얻을 수 있을 겁니다. 저는 오로지 당신만을 생각하고, 당신만을 위해서 살아가고 있습니다. 고통과 절망을 잊고 제가 아직도 한 가닥 삶의 행복과 희망을 느낀다면, 그건 다 당신 덕택입니다. 이런 제가 당신 곁에 있고, 또한 저한테 사랑을 받고 있다고 생각해보십시오. 그것만으로도 즐거움을 느낄 수 있지 않을까요?"

나는 오랫동안 속에 있는 말들을 털어놓았다. 나는 그처럼 순종적이고 열정적이었으며, 내가 요구하는 것은 지극히 사소하고 간단한 것이었다. 그런데도 내 요구가 거절이라도 당했다면 나는 얼마나 비참한 불행에 떨어졌을 것인가!

엘레노르는 깊은 감동을 받은 듯했다. 그녀는 나에게 몇 가지 조건을 내걸었다. 그녀가 나를 만나는 것은 많은 사람들이 함께 있는 자리에서만, 그것도 이따금씩만이라는 것이며, 또한 만난 자리에서 사랑을 언급하는 말은 한마디도 꺼내지 않는다는 약속을 제시했다. 나는 그 약속을 수락했다. 우리는 둘 다 만족했다. 나로서는 어쩌면 영영 잃어버렸을지 모르는 보물을 되찾은 기분이었고, 그녀로서는 너그럽고 다정하면서도 분별 있게 처신할 수 있었기 때문이다.

이튿날부터 나는 약속대로 나의 언행을 갖추었다. 엘레노르는 내가 방문하는 것 때문에 귀찮아하거나 신경 쓰는 일이 없게 되었다. 이런 만남이 하루하루 지속됨에 따라, 얼마 안 가서 엘레노르는 나를 날마다 만나는 일이 하루 세 끼 식사하는 것보다 더 간단한 일처럼 여기게 되었다. 10년 동안이나 정절을 지켜온 그녀의 태도는 P 백작에게 완전한 신뢰감을 주고 있었다. 그래서 그는 엘레노르에게 좀더 큰 자유를 부여했다. 사교계의 분위기를 보면 엘레노르는 정상적인 처지에 있지 못하다는 이유로 따돌림당하는 듯한 인상을 받아왔고, 백작으로서는 이런 세간의 보이지 않는 여론과 맞서 싸우지 않으면 안 된다고 늘 생각해온 터였다. 그렇기 때문에 엘레노르의 사교 범위가 넓어지는 것을 보고 그는 무척 기뻤다. 집 안이 손님들로 가득 채워지는 것은 곧 세론에 대한 그 자신의 승리인 양 생각되었던 것이다.

　내가 갈 때마다 엘레노르는 기쁨으로 빛나는 시선을 보내왔다. 대화를 나누는 가운데 흥겨움에 젖어 들면 그녀의 시선은 밝게 반짝거리면서 나를 오랫동안 바라보곤 했다. 다른 누가 재미난 이야기라도 할라치면 그녀는 나를 청해서 함께 듣도록 했다. 그러나 그녀는 결코 혼자 있는 일이 없었다. 별다른 의미도 없고 평범하기 짝이 없는 이야기밖에 늘어놓지 못한 채 며칠이 지나갔다. 그녀를 찾아가보았자 맥빠진 기분밖에 들지 않았다. 나는 갈수록 이런 기분에 짜증이 났다. 나는 우울해지기 시작했다. 점점 말수가 적어지고, 기분이 고르지 못한 상태에 빠지면 아무 말이나 마구 지껄이게 되었다. 어쩌다 다른 사람이 엘레노르와 따로 떨어져 이야기를 나누고 있는 광경을 보게 되면 참을 수가 없었다. 나는 당장에 달려가서 그들이 주고받는 대화를 가로막고 훼방을 놓았다. 다른 사람의 기분을 상하게 만들고 안 만들고는 나한테 중요한 문제가 아니었다. 그뿐만 아니라, 그 같은 행동 때문에 그녀가 곤경에 빠질지 모른다는 두려움도 전혀 나를 어쩌지 못했다.

나의 태도가 이처럼 변해가는 것을 두고 그녀는 불평하는 소리를 했다.

"도대체 무엇 때문에 그러세요?"

나는 더 이상 참지 못하고 소리쳤다.

"물론 당신은 약속대로 나한테 잘 대해주었다고 그러시겠죠. 하지만 당신이 뭔가 잘못 생각하고 있다는 것을 말씀드리지 않을 수 없군요. 당신은 내가 변했다고 생각할지 모르지만, 실제로 변한 건 당신입니다. 요즘 들어 당신이 생활하는 태도를 나는 도무지 이해할 수가 없어요. 전에는 밖으로 나서는 일이 좀처럼 없었습니다. 오히려 안에 들어앉아 있는 편이었죠. 말하자면 사교계에 나오는 걸 귀찮아하고 피해오셨어요. 애당초 시작할 필요조차 없는 것이어서 필경은 한없이 늘어지고 마는 대화를 당신은 싫어했습니다. 그런데 요즘 들어 하는 행동을 보고 있으면 당신은 문을 활짝 열어놓고 있습니다. 나를 만나달라고 부탁드린 게 결과적으로는 다른 사람들과도 만나게 만든 꼴이 되고 말았어요. 전에는 그토록 분별을 가리시던 분이 이처럼 경박해지다니, 상상도 할 수 없었던 일입니다."

엘레노르의 얼굴에 불만과 슬픔과 고통의 빛이 떠오르는

것을 보았다. 나는 목소리를 부드럽게 바꾸면서 말을 계속했다.

"사랑하는 엘레노르! 그렇다면 나는 당신을 둘러싸고 있는 저 무리들과 아무런 차이도 없는 존재란 말인가요? 대답해보세요. 우정이란 게 뭐죠? 수많은 군중 속에 있게 되면 괜히 신경이 곤두서고 부끄러워지는 것, 그게 다 우정을 가졌기 때문이 아닌가요?"

엘레노르는 너무 고집스럽게 대하다가 오히려 나로 하여금 엉뚱한 행동을 하게 만들어 우리 두 사람을 위험에 빠뜨리게 될까 봐 두려워하고 있었다. 그렇다고 나와의 만남을 끊어야겠다는 생각도 없었다. 마침내 그녀는 가끔씩 나와 단둘이서만 만나주겠다는 약속을 했다.

우리 두 사람의 관계가 이처럼 변하게 되자 그녀가 나에게 부과해온 엄격한 규율에도 변화가 뒤따랐다. 우선 그녀는 나에게 사랑의 고백을 허락했다. 그뿐만 아니라 그녀는 이 사랑이라는 말에도 차츰 익숙해졌다. 그리고 얼마 안 가서 자기도 나를 사랑해왔다고 고백하기에 이르렀다.

이 세상에 나보다 행복한 남자가 어디 있을까. 나는 그녀에 대한 끝없는 애정과 존경과 헌신을 맹세하면서 몇 시간이고 그녀의 발치에서 보내곤 했다. 그녀는 나와 작별하려고 애쓸 때마다 얼마나 고통스러웠는지, 그런 심정을 내가 헤아려주었으면 하고 얼마나 간절히 바랐는지, 조그만 소리가 들려도 내가 도착하는 것인가 싶어 얼마나 가슴이 설레곤 했는지, 나를 만날 때마다 얼마나 커다란 고통과 기쁨과 두려움이 마음을 조이곤 했는지 모른다고 말한 다음, 자기 자신조차 믿을 수가 없어서 마음의 동요를 감추려고 그처럼 객실에 나가, 전에는 그토록 피했던 무리들과 일부러 어울리게 되었던 것이라고 털어놓았다. 나는 그녀에게 그동안 나의 생활과 감정에 일어난 일들을 아주 세세한 것까지 되풀이하여 말했다. 지난 몇 주 동안 우리 두 사람 사이에 오간 이야기는 마치 온 생애에 걸쳐 일어났던 것처럼 생각되었다.

사랑은 일종의 마술과 같은 것이어서 오랜 추억을 대신한다. 사랑은 마치 요술이라도 부리는 것처럼 하나의 과거를 만들어내어, 그것으로 우리를 감싼다. 사랑은 말하자면 조금 전까지만 해도 거의 알지 못했던 사람과 오랫동안 함께 지내온 듯한 느낌을 안겨주는 것이다. 사랑이란 한순간에 타오르는 하나의 불빛에 불과하지만, 그러나 그것은 오랫동안 지속되어온 것처럼 여겨진다. 조금 전까지만 해도 사랑은 존재하지 않았으며, 얼마 안 가서 그것은 자취도 없이 사라져버릴 것이다. 그러나 그 사랑이 존재하고 있는 동안은 지나온 시간을 밝혀줄 뿐만 아니라 장차 다가올 시간 위에도 밝은 빛을 뿌려주는 것이다.

그러나 이 평온은 오래가지 못했다. 엘레노르는 자신의

과거가 떳떳하지 못하다는 사실 때문에, 그것이 들추어질까 봐 경계하는 마음을 버리지 못한 채 언제나 불안하게 지내고 있었다. 또한 나의 욕망이나 이기심은 나 자신도 미처 깨닫지 못한 사이에 이런 연애 관계를 거북해하고 있었다. 내성적이면서도 흥분하기 쉬운 성격 탓에 나는 걸핏하면 엘레노르에게 불평을 털어놓고, 화를 내고, 비난을 퍼붓곤 했다. 그녀는 자신의 생활에 불안과 고통만 안겨주는 우리의 관계를 청산하려고 몇 번이나 뜻을 세우곤 했다. 그러면 그때마다 나는 애원하고 비난하고 눈물을 흘리면서 그녀를 달래곤 했다.

하루는 그녀에게 편지를 썼다.

엘레노르, 당신은 내가 얼마나 고통을 겪고 있는지 짐작도 못 할 것입니다. 당신 곁에 있거나 당신과 떨어져 있거나 불행하기는 마찬가지입니다. 우리가 서로 떨어져 있는 몇 시간 동안에도 나는 견딜 수 없는 존재의 짐에 짓눌린 채 정처 없이 헤매고 다닙니다. 사람을 만나는 것도 귀찮고 집 안에 홀로 박혀 지내는 생활도 지겹습니다. 내 속도 모르면서 평범한 호기심과 무자비한 놀람으로 나를 바라보는 저 무심한 사람들, 당신과는 아무 관계도 없는 화제를 들먹이는 사람들, 그들은 내 가슴속에 죽음과도 같은 고통을 심어줄 뿐입니다. 나는 그들을 피해 다닙니다. 이 답답한 가슴을 시원하게 열어줄 공기를 찾아 이곳저곳 헤매 다니지만, 그러나 혼자서는 찾을 길이 없습니다. 나를 영원히 삼키려고 아가리를 벌리고 있는 대지를 향해 나는 몸을 던집니다. 몸을 태우는 열기를 식히려고 차가운 돌 위에 머리를 기댑니다. 당신의 저택이 내려다보이는 언덕으로 몸을 이끌고 가서는, 당신과는 결코 함께 살 수 없는 그곳을 물끄러미 바라보며 우두커니 서 있곤 합니다.

우리가 조금만 더 일찍 만났더라면 당신은 내 사람이 될 수 있었을 것을! 당신을 그토록 찾아다녔으면서도 너무나 뒤늦게 만난 까닭에 이토록 고통에 시달려야 하는 이 마음, 내 마음을 위해 조물주가 창조해준 유일한 생명체인 당신을 내 품에 껴안고 있었을 것을!

이런 망상의 시간이 지나고 마침내 당신을 만날 시간이 되면 나는 온몸으로 떨면서 당신 집으로 가는 길을 걸어갑니다. 도중에 혹 사람을 만나면, 내 가슴에 깃든 감정을 들키기라도 할 것 같은 두려움 때문에 걸음을 멈추기도 하고 또 천천히 걷기도 하면서, 나는 행복의 순간을 늦춥니다. 온갖 위협에 둘러싸여 있기에 언제나 금세라도 잃어버릴 것만 같은 행복, 불완전하고 고통스러운 행복, 불길한 사건과 시샘 어린 눈길들, 저항할 수 없는 운명의 장난, 그리고 당신의 변덕스러운 마음, 이런 것들이 작당 모의하여 어느 순간에라도 앗아가 버릴지 모르는 그 행복의 순간을 늦추는 것입니다.

당신의 집 앞에 이르러 문을 열려고 하면 또 다른 공포가 나를 붙잡습니다. 눈에 보이는 모든 것들이 나에게 적의를 품고 있어서, 내가 이제 막 손으로 붙잡으려는 행복의 순간을 질투하여 금방이라도 그 순간을 허물어버리지나 않을까 하는 두려움 때문에, 나는 마치 죄를 지은 사람처럼 그것들에 용서를 빌면서 안으로 들어갑니다. 아주 조그만 소리에도 깜짝 놀라고, 내 주위에서 무엇이 조금만 움직여도 소름이 돋아납니다. 내가 내딛는 발소리조차 나를 멈칫하게 만듭니다. 당신 곁으로 다가가면서도 나는 순간마다 당신과 나 사이에 뜻밖의 장애물이 생겨나지나 않을까 두려워합니다.

이윽고 당신의 모습이 눈에 들어옵니다. 전날과 다름없는 당신을 보면서 나는 안도의 한숨을 내쉽니다. 당신을 물끄러미 바라보면서 나는 마치 죽음으로부터 목숨을 보호해줄 피난처에 발을 들여놓은 도망자처럼 걸음을 멈춥니다. 그러나 온몸을 당신에게 내던지고 싶은 그 순간에도, 당신 무릎에 얼굴을 파묻고 그토록 가슴 졸이던 불안에서 벗어나 실컷 눈물을 쏟고 싶은 그 순간에도, 나는 애써 참지 않으면 안 됩니다. 당신 곁에 있으면서도 여전히 마음을 억눌러야 하고, 욕망을 참아내지 않으면 안 됩니다. 한순간도 마음을 털어놓을 수 없고, 한순간도 몸을 내맡길 수 없습니다.

비로소 당신의 눈길이 나를 알아봅니다. 당신은 내가 겪고 있는 고통을 알아차리고는 무척 난감한 표정을 짓습니다. 모욕이라도 당한 듯한 얼굴입니다. 당신이 사랑을 고백하던 그 달콤한 순간을 생각하면, 뭔가 난처한 일이 그사이에 일어났음을 알 수 있습니다. 시간이 흐르고, 그러는 동안 새로운 흥밋거리가 당신을 부릅니다. 당신은 결코 그것을 놓치는 법이 없습니다. 당신은 나와 떨어질 수 있는 순간을 늦추는 일도 결코 없습니다. 낯선 사람들이 하나둘 모여들기 시작하고, 그러면 나는 더 이상 당신을 바라볼 수 없게 됩니다. 나를 둘러싼 의혹의 눈초리로부터 벗어나야 한다는 것을 알기 때문입니다. 나는 올 때보다 더욱 불안하고 고통스럽고 넋 나간 모습으로 당신을 떠납니다. 당신과 헤어지자마자 나는 또다시 몸서리나는 외로움에 빠져서, 한순간이나마 기대어 마음을 달랠 사람 하나 없이, 혼자서 끙끙 앓으며 몸부림치는 것입니다.

엘레노르는 이런 사랑을 받아본 적이 없었다. P 백작도 나름대로 그녀한테 진정한 애정을 쏟고 있었다. 그녀의 헌신적인 태도에 진심으로 감사하고 있었으며, 그녀의 인품에 대해서는 존경심마저 품고 있었다. 하지만 그의 태도에는 그녀에 대한 우월감 같은 것이 어려 있었는데, 이것은 그녀를 정식 결혼한 아내가 아니라 공공연하게 몸을 맡겨온 여자로 여기고 있는 데서 생겨난 감정일 터였다. 하기야 세상 여론을 따랐다면 좀더 훌륭한 여자와 인연을 맺을 수도 있었을 것이다. 그렇다고 해서 이런 것을 그녀에게 이야기한 적도 없었고, 어쩌면 그 자신도 그런 생각을 품은 적이 없었을 것이다. 그러나 입 밖에 내지 않았다고 해서 엄연한 사실이 숨겨지거나 없어지는 것은 아니며, 더구나 속에 감추어진 채 놓여 있는 사실이란 말하지 않아도 충분히 짐작되는 노릇이다.

그때까지만 해도 엘레노르는 내 마음속에 일고 있는 정열을 전혀 알지 못했고, 그녀의 존재 속으로 이처럼 파고드는 또 다른 존재가 있으리라고는 상상조차 못 했다. 나의 지나친 언행, 나의 분노, 나의 비난조차 그 존재를 확인시켜주는 증거에 지나지 않았다. 그녀의 저항은 나의 모든 감정과 사고를 뒤흔들어놓았다. 나는 지금껏 그녀를 휘감아온 격정으로부터 순종과 상냥함, 마치 우상을 숭배하는 듯한 존경심으로 되돌아왔다. 나는 그녀를 천상의 존재인 양 여기고 있었다. 내 사랑은 말하자면 종교적인 성격을 띠고 있었다. 게다가 그녀는 남들로부터 창피를 당하지나 않을까 하는 염려 때문에 통속적인 관계를 피하고 싶어 했고, 그러면 그럴수록 그녀를 향한 내 사랑은 더욱 불타올랐다. 그녀는 마침내 내 사랑에 굴복하게 되었다.

사랑을 시작하면서 그 관계가 영원할 것을 믿지 않는 남자가 있다면, 저주를 받을지어다! 여자의 품 안에 안겨 있으면서도 불길한 예감에 사로잡혀 장차 그 품 안에서 벗어날 때가 오리라고 미리부터 점치는 남자가 있다면, 그 또한 저주를 받을지어다! 마음으로 끌리는 여자에게는 그 순간 어딘지 모르게 애절하면서도 성스러운 구석이 있는 법이다. 그것은 단순한 쾌락도 아니고, 타고난 본성도 아니며, 그렇다고 타락한 관능도 아니다. 그것은 사회가 우리에게 길들여준 타산이며, 경험에서 생겨난 반성 같은 것이다.

엘레노르가 몸을 허락한 뒤, 나는 전보다 천배나 더 그녀를 사랑하고 존경하게 되었다. 나는 사람들이 모여 있는 한가운데를 우쭐하게 거닐면서 그들에게 지배자 같은 눈길을 뿌렸다. 내가 숨 쉬는 공기는 그것 자체만으로도 하나의 기쁨이었다. 나는 자연의 품 안으로 몸을 내던졌다. 자연이 나에게 베풀어준 뜻밖의 축복, 그 무한한 축복에 감사를 드리기 위하여.

제4장

  사랑의 매력이여, 어느 누가 그대를 그려낼 수 있으랴! 자연이 우리를 위해 점지해준 짝을 찾아냈다는 확신, 삶에 생기를 불어넣어줄 뿐만 아니라 삶의 신비를 밝혀주는 광명, 아주 하찮은 것이라 할지라도 무시하거나 저버리지 않고 가치를 부여하는 어떤 미지의 손길, 감미롭기 때문에 오히려 세세한 것들은 모두 추억 속에서 사라지게 만들고 그러면서 우리의 영혼 속에 행복의 기다란 흔적만을 남기는 저 유수 같은 시간, 때로는 지극히 평범한 감동에 까닭도 없이 섞여드는 미칠 듯한 즐거움, 눈앞에 있으면 기쁨이고 눈앞에 없으면 희망인 그 무엇, 온갖 세속적인 걱정으로부터의 해방감, 우리를 둘러싸고 있는 온갖 것들에 대한 우월감, 이 세상 어느 누구도 우리가 지금 놓여 있는 경지에 이를 수 없으리라는 자신감, 단 하나의 생각조차 미리 헤아려주고 단 하나의 감정조차 서로 주고받는 상호 이해. 사랑의 매력이여, 설령 그대를 몸소 겪어본 사람이라 한들 어느 누가 감히 그대를 그려낼 수 있으랴!

P 백작은 급한 용무 때문에 한 달 남짓 집을 비우게 되었다. 그동안 나는 거의 매일처럼 엘레노르와 함께 보냈다. 지금까지 그녀를 위해 내가 무릅써온 희생으로 말미암아 그녀는 나에게 더 큰 애정을 기울이는 듯했다. 헤어질 시간이 되면 그녀는 나를 그냥 보내는 일이 없었다. 두 시간만 떨어져 있어도 그녀는 어쩔 줄 모르는 사람처럼 나를 꼭 붙들고는, 언제 돌아올 것인지를 묻고, 그 시간을 몇 번이나 다짐받곤 했다. 나는 그녀의 태도에 기꺼이 순응했다. 그녀가 보여주는 감정에 대해 언제나 행복을 느끼고 있었다. 그러나 이렇게 늘 함께 지내는 탓에 개인적으로 해야 할 일을 제대로 못하는 경우가 많았다. 나의 일상은 온통 그녀의 욕망에 얽매여 있었다. 말하자면 나의 모든 거취가 미리 작정되고, 시간의 쓰임마저 미리 정해져 있는 꼴이었다. 그 때문에 불편을 느끼게 되는 경우가 한두 번이 아니었다. 그래서 어쩌다 시간이 생기면 그동안 못다 한 용무를 처리하기 위해 바쁘게 뛰어다녀야 했고, 대부분의 교제마저 끊을 수밖에 없었다. 평소 같으면 거절해야 할 아무 이유도 없는 초대를 나는 이런저런 핑계로 물리쳐야만 했다. 하기야 엘레노르와 함께만 있으면 그런 사교 생활의 즐거움 따위는 별로 아까울 것도 없었다. 그런 생활에 대한 흥미는 애초부터 대단하지도 않았으니까.

그러나 나는 그녀가 나에게 좀더 자유스럽게 사교 생활과의 인연을 끊게 해주었으면 싶었다. 그녀와 떨어져 있다가도 그녀 곁으로 되돌아갈 시간이 되면, 그녀를 만남으로써 맛보게 될 행복감보다 그녀가 나를 초조하게 기다리고 있겠구나 하는 생각이 먼저 솟아났다. 이런 자격지심 때문에 나는 늘 고통스러웠고, 이런 고민은 진정한 기쁨을 앗아가곤 했다. 물론 엘레노르는 내 삶에서 생생한 기쁨이었다. 그러나 그녀는 이미 하나의 목표가 아니라 하나의 멍에가 되어 있었다. 게다가 나는 그녀를 위태로운 지경에 빠뜨리지나 않을까 두려워하고 있었다. 그녀를 날마다 찾아가는 일은 나의 행동을 유심히 관찰하고 있을 하인들에게 놀라움을 안겨주었을지도 모른다. 나는 그녀의 생활을 뒤흔들어놓고 있다는 생각에 몸을 떨곤 했다. 우리가 영원히 맺어질 수는 없는 노릇이었고, 나는 그 점을 잘 알고 있었다. 그 때문에 나로서는 그녀에게 보다 평온한 생활을 되찾도록 하는 일이 중요했다. 그래서 나는 그녀에게 내 사랑이 변함없음을 다짐했고, 일거수일투족에 신중을 기해야 한다는 충고를 들려주곤 했다. 그러나 내가 그런 충고를 할수록 그녀는 나의 이야기를 귀찮게 생각했다. 동시에 나는 그녀를 괴롭히게 되지나 않을까 몹시 두려워하고 있었다. 나의 마음을 전하다가도 그녀의 얼굴에 고통의 빛이 떠오르기만 하면 그녀의 뜻에 굴복하지 않을 수 없었다. 나의 순종하는 태도를 보고 그녀가 만족한 표정을 지을 때까지 나는 마음을 놓을 수 없었다. 얼마간 서로 떨어져 있을 필요가 있다고 설득하고 나서 그녀 곁을 떠나 있을 경우에도, 나 때문에 괴로워하는 그녀의 모습이 줄곧 나를 따라다녔다. 그러면 나는 회한의 열병에 사로잡히게 되고, 그것은 시간이 갈수록 심해져서 마침내 더 이상 참을 수 없는 지경에 빠지고 마는 것이다. 이 지경이 되면, 그녀에게 달려가서 그녀를 위로해주는 것만이 나의 낙이요 의무라고 여기게 된다. 그러나 그녀의 집이 가까워질수록, 나도 어쩔 수 없이 끌려드는 그 이상한 힘에 대한 반발심이 나의 또 다른 여러 감정들 속에 뒤섞여 들었다.

엘레노르 자신도 열렬했다. 그녀는 지금까지 어느 누구에게도 느껴보지 못했던 감정을 나한테 느끼는 모양이었다. 지난날의 관계에서는, 남의 도움을 받고 있다는 자격지심 때문에 그녀의 마음속에는 굴욕적인 구석이 깃들어 있었다. 그러나 우리는 완전히 대등한 입장에 있었다. 이런 사실이 우선 그녀의 마음을 편하게 해주었다. 그녀는 타산과 이해를 떠난 순수한 사랑을 나에게 쏟고 있었고, 이런 정열을 통해 그녀 자신의 영혼을 드높일 수 있었다. 그녀는 오직 나를 위해 사랑을 쏟았고, 나도 그것을 믿어 의심치 않았으며, 이런 사실을 그녀 또한 잘 알고 있었다. 그러나 그녀는 자신의 모든 것을 나에게 쏟음으로 해서 자기 속마음까지 숨기지 못하고 다 드러내 보이는 꼴이 되었다. 그래서 생각보다 너무 빨리 돌아왔구나 싶어 못마땅한 얼굴로 그녀의 방에 들어서면 그녀는 슬퍼하거나 화를 내고 있었다. 그러니 나로서는, 그녀와 떨어져 있는 동안에는 그녀가 나 때문에 괴로워하고 있겠구나 하는 생각에 두 시간을 괴로워하고, 막상 그녀 곁에 와서는 그녀를 위로하고 달래면서 그녀의 마음이 풀어질 때까지 두 시간을 또다시 괴로워해야 했다.

그렇다고 해서 내가 불행한 것은 아니었다. 사랑을 받는다는 것은, 귀찮기는 하지만 즐거운 일이었다. 나는 그녀에게 선행을 베풀고 있다는 생각까지 했다. 그녀의 행복은 나에게 불가결한 것이었고, 나 또한 그녀의 행복에 불가결한 존재임을 나는 잘 알고 있었다.

게다가 이런 관계가 영원히 지속될 수 없으리라는 생각은 괴롭고 슬픈 것이지만, 그럼에도 불구하고 이런 생각에 잠기노라면 어느새 나의 육체적 피로는 걷히고, 가슴에 발작처럼 솟아오르던 초조한 감정은 진정되곤 했다. 엘레노르와 P 백작의 관계, 우리 두 사람의 연령적 불균형, 우리의 신분적 차이, 이런저런 이유로 늦어지긴 했지만 그 시기가 임박한 나의 출발, 이런 여러 가지 사정을 생각하면 나는 가능한 한 큰 행복을 그녀와 나눌 수밖에 없었다. 이번에 헤어지면 적어도 몇 년 동안은 떨어져 있게 되리라는 것을 알고 있었기 때문에 나는 며칠 안 남은 기간을 서두르며 지낼 생각이 없었다.

P 백작이 돌아왔다. 그는 이미 나와 엘레노르의 관계를

알고 있는 눈치였다. 그는 날이 갈수록 점점 냉담하고 우울한 태도로 나를 맞이했다. 나는 엘레노르에게 그녀가 직면하고 있는 위험을 설명하고, 며칠 동안만이라도 내가 찾아오지 않을 테니 그렇게 알고 있어주기를 간청했다. 또한 그녀가 받게 될 평판이라든가 재산, 자식들에 대한 관심을 환기시켰다. 그녀는 오랫동안 잠자코 듣기만 했다. 그녀는 시체처럼 창백했다. 이윽고 그녀가 입을 열었다.

"어떻게 되든 당신은 곧 떠나겠죠. 그러나 미리부터 그때를 생각하진 마세요. 그리고 나 때문에 걱정하지도 마세요. 하루 한 시간이 나에겐 아까워요. 당신이 떠날 때까지, 순간순간이 나에겐 소중하고 필요해요. 아돌프, 나는 어쩌면 당신 품에 안겨서 죽을지 몰라요. 왠지 그런 예감이 들어요."

우리는 이렇게, 이전과 마찬가지로 살아가고 있었다. 나는 여전히 불안하게, 엘레노르는 여전히 슬프게, P 백작은 여전히 우울하게.

마침내 기다리던 편지가 도착했다. 아버지는 당신 곁으로 돌아올 것을 나에게 명령하고 있었다. 나는 이 편지를 엘레노르에게 가지고 갔다.

"아니, 벌써!" 그녀가 편지를 읽고 나서 말했다. "이렇게 빨리 올 줄은 생각도 못 했어요." 그러고는 눈물을 왈칵 쏟으며 내 손을 붙잡았다. "아돌프, 난 당신 없이는 단 하루도 살아갈 수 없어요. 나의 미래가 어떻게 될는지도 알 수 없어요. 그러나 아직은 떠나지 마세요. 부탁이에요. 이곳에 좀더 머무를 수 있도록 구실을 만들어보세요. 아버님께 부탁해서 여섯 달만 출발을 미루도록 하세요. 여섯 달만. 그게 그렇게 오랜 기간은 아니잖아요."

나는 그녀의 결심을 꺾으려고 해보았다. 그러나 그녀는 온몸을 떨면서 너무나 비통하게 울어댔다. 뼈저린 고뇌에 몸부림치는 그녀를 바라보면서 나는 더 이상 그녀에게 말을 건넬 수가 없었다. 나는 그녀의 발치에 몸을 내던져 그녀를 껴안고, 나의 사랑을 믿으라고 달래는 말을 늘어놓았다. 그러고는 아버지에게 답장을 쓰기 위해 그곳을 나왔다. 사실 나는 엘레노르의 고뇌가 자아낸 흥분 속에서 편지를 썼다. 나의 출발이 늦어지게 된 갖가지 이유를 늘어놓고, 괴팅겐에서 청강할 수 없었던 몇 가지 강의를 D 시에서 계속 듣는 것이 여러모로 유익하다는 점을 강조했다. 그런데 그 편지를 우체국에 가져갔을 때에는 어떻게든 이 소원을 이루고 싶다는 기분이 되어 있었다.

저녁에 나는 다시 엘레노르를 찾아갔다. 그녀는 소파에 앉아 있었고, P 백작은 그녀와 약간 떨어져서 난로 곁에 앉아 있었다. 두 사람은 영문도 모르는 소동을 당했을 때 나타내는 어린애들의 놀란 표정을 띠고서, 놀 생각도 하지 않은 채 방 한쪽 구석에 박혀 있었다. 나는 엘레노르에게 그녀가 원하는 대로 편지를 써서 보냈다는 것을 시늉으로 알려주었다. 기쁜 기색이 그녀의 눈동자에 반짝거렸으나 금방 사라져버렸다. 우리는 아무 말도 하지 않은 채 묵묵히 앉아 있었다. 침묵은 우리 세 사람을 거북하게 만들었다. 이윽고 백작이 나에게 말을 건넸다.

"듣자니까 곧 떠난다면서?"

나는 전혀 모르는 얘기라고 대답했다.

"내 생각이지만, 자네 나이엔 어떤 직장에라도 일찍 들어가는 게 좋지 않을까 싶군." 그가 말했다. 그러고는 엘레노르 쪽으로 고개를 돌리며 덧붙였다. "여기서는 아무도 나와 똑같이 생각하지는 않아."

며칠 뒤에 아버지한테서 답장이 도착했다. 나는 그 편지를 뜯으면서 온몸이 떨렸다. 만약에 체류를 연장시켜달라는 나의 요청이 거절이라도 당한다면 엘레노르는 얼마나 큰 충격을 받을 것이며, 또 얼마나 고통에 시달릴 것인가. 엘레노르에게 안겨주게 될 고통이 내게도 똑같이 파고드는 듯한 느낌이었다. 그러나 뜻밖에도 아버지의 편지는 나의 요청을 승낙하고 있었다. 나는 안도의 한숨을 내쉬면서 그 편지를 단숨에 읽어 내렸다. 편지를 다 읽고 나자, 체류를 연장함으로써 또다시 겪어야 할 여러 가지 불편들이 떠올라 내 마음을 어지럽혔다.

'불편함과 답답함을 여섯 달이나 더 견뎌야 하다니!' 나는 속으로 외쳤다. '이게 무슨 형벌이란 말인가! 여섯 달, 그동안 나는 나에게 우정을 베풀어준 남자를 배신하고, 나를 사랑하는 여자를 위험에 빠뜨리고, 평온하게 존경을 받으며 지낼 수 있는 지위마저 그녀로부터 빼앗고, 심지어 아버지까지도 속이게 될지 모른다. 이게 어찌 된 영문인가? 언젠가는 부닥쳐야 할 고통을 왜 지금은 이겨낼 수가 없단 말인가! 이 고통을 우리는 날마다 한 방울씩 맛보고 있지 않은가! 나는 엘레노르에게 해로운 존재일 뿐, 지금 이런 기분으로는 도저히 그녀를 만족시키거나 행복하게 해줄 수 없다. 나는 어떤가. 그녀를 위해 희생을 감수하면서도 아무런 보람도 얻지 못하고 있다. 한순간도 자유롭지 못하고 한순간도 평온한 숨을 쉬지 못한 채, 말 그대로 허송세월만 하고 있을 뿐이다.'

이런 생각에 잠기면서 엘레노르의 집에 들어섰다. 그녀는 혼자서 나를 기다리고 있었다.

"여섯 달 더 있게 되었습니다."

"말하는 투가 왠지 썰렁하군요."

"솔직히 말하면, 여기서 머뭇거리며 있는 일이 피차간에 나쁜 결과를 가져오지나 않을까 두렵기 때문입니다."

"적어도 당신에겐 그렇게 난처한 일이 아니잖아요."

"엘레노르, 내가 가장 마음을 쓰고 있는 일은 결코 나 자신에 대해서가 아닙니다. 당신도 잘 아시잖아요?"

"그렇다고 남의 행복에 관계되는 것도 아니죠."

우리 두 사람 사이엔 폭풍이 감돌고 있었다. 엘레노르는 당연히 기쁨을 함께해주리라 생각했던 내가 후회하는 표정을 지었기 때문에 마음이 상했고, 나는 나대로 그녀 때문에 원래의 결심이 뒤바뀐 데서 비위가 거슬렸던 것이다. 말다툼은 더욱 격렬해졌다. 우리는 서로 비난을 퍼부었다. 엘레노르는 나에게 속았다고, 일시적인 희롱거리밖에 안 됐으며, 이젠 백작의 사랑마저 잃게 되었을 뿐 아니라 평생을 두고 빠져나오려 애쓴 그 떳떳하지 못한 처지에 다시금 빠져들고 말았다고 나를 비난했다. 나는 나대로, 그녀의 뜻을 받들기 위한 마음에서, 또한 그녀를 슬프게 하지나 않을까 하는 두려움 때문에 처신해온 모든 노력이 결국 이처럼 그녀에게 오해를 받고 있다는 사실에 기가 차고 화가 치밀었다. 나는 멍에에 찌든 생활과, 허송세월로 지나간 청춘과, 나의 일거수일투족에 자행되고 있는 그녀의 횡포를 한탄했다. 이런 비난과 후회의 말들을 지껄이는 동안 나는 그녀의 얼굴이 눈물로 뒤덮이는 것을 보았다. 나는 걸음을 멈추고 그녀에게 다가가서, 지금까지 내뱉은 말들을 취소하고 변명했다. 우리는 서로 부둥켜안았다.

그러나 최초의 일격이 가해졌다. 최초의 장벽이 무너졌다. 우리는 다 같이 결코 돌이킬 수 없는 말들을 입 밖에 내고 말았던 것이다. 입을 닫을 수는 있지만, 이미 뱉어버린 말들을 다시 담을 수는 없는 노릇. 말하지 않은 채 오랫동안 간직할 수는 있지만, 일단 입 밖으로 나와버리면 결코 되풀이하지 않고는 못 배기는 법이다.

이처럼 무리하게 지속되는 관계 속에서 우리는 넉 달이라는 기간을 보냈다. 때로는 즐거운 일도 있었다. 완전하게 자유로운 경우란 거의 없었고, 어쩌다 기쁨을 느낄 수는 있을지언정 진정한 행복을 찾을 수는 없었다. 그러면서도 엘레노르는 내게서 떨어질 줄을 몰랐다. 우리가 심하게 다툰 뒤에도 그녀는 마치 우리의 관계가 더없이 평화롭고 다정한 것처럼 나를 포옹으로 맞아주었고, 다시 만날 약속을 조심스럽게 정하곤 했다. 그래서 나는, 나의 행동 때문에 엘레노르가 이런 경향으로 끌려드는 것은 아닐까 생각하곤 했다. 만약에 그녀가 나에게 기울이는 만큼 내가 그녀에게 애정을 쏟았다면 그녀는 좀더 안정을 되찾았을 것이고, 그랬다면 그녀 스스로 닥쳐오는 위험을 깨달을 수도 있었을 것이다. 그러나 그녀는 조심성이라는 것을 싫어했다. 그 조심성은 내게서 나오는 것이었기 때문이다. 그녀는 자신의 희생을 계산에 넣지 않았다. 말하자면 나 혼자만 희생을 감수하는 것이라 여겼던 것이다. 하긴 시간과 노력을 다 바쳐 나를 붙드는 데에만 힘써왔던 탓에 그녀에겐 나에 대해 냉담해질 여유조차 없었다.

예정된 출발의 시간이 다가오고 있었다. 떠나야 할 때를 생각하면 기쁨과 회한으로 뒤섞인 기분이 들었다. 그것은 마치 치유될 것이 확실한, 그러면서도 고통스럽기 짝이 없는 수술을 받아야 하는 사람이 느끼게 되는 기분과도 같았다.

어느 날 아침, 엘레노르로부터 당장 와달라는 전갈이 왔다.

"백작은 더 이상 당신과 만나지 말래요. 이 횡포에 가까운 명령을 따를 수가 없어요. 나는 그이가 추방당했을 때에도 따라갔고, 그의 재산을 되살려냈으며, 모든 일에 나름대로 힘껏 애써왔어요. 그는 이제 내가 없어도 살아갈 거예요. 하지만 나는, 당신 없이는 살아갈 수가 없어요."

그녀의 말을 들으면서 나는 어안이 벙벙했다. 그녀는 내가 떠나갈 때 나를 따라가겠다는 것이다. 나는 그녀의 계획을 말리기 위해 이런 사정 저런 형편을 늘어놓았다. 항간에 떠도는 여론도 말했다.

"여론요? 그까짓 여론은 언제나 나한테 공정하지 못했어요. 나는 지난 10년 동안 다른 어떤 여자보다 의무를 충실히 수행해왔어요. 그런데도 나를 차별 대우하기는 예나 지금이나 마찬가지예요."

나는 그녀에게 자식들을 상기시켰다.

"내 아이들은 백작의 자식이에요. 그이도 그걸 인정했으니까 책임지고 양육할 거예요. 그 아이들 처지에서도, 이 어미를 잊는 편이 오히려 나을 거예요. 나와 함께 살아봤자 결국 굴욕감밖에 남는 게 없을 테니까."

나는 제발 그러지 말라고 애원을 거듭했다.

"보세요, 만약에 내가 백작하고 관계를 끊는다면 당신은 나를 만나지 않을 건가요?" 그녀는 몸서리가 날 만큼 힘껏 내 팔을 붙잡으면서 되물었다. "어때요? 나를 만나주지 않을 건가요?"

"그럴 리가 있습니까. 당신이 불행해질수록 나는 모든 것을 바쳐 당신을 도울 생각입니다. 그러나 좀더 깊이 생각해 보세요."

"곰곰 생각한 끝에 한 일이에요." 그녀는 내 말을 가로막았다. "그이가 돌아올 시간이에요. 자, 돌아가세요. 그리고 다시는 여기 오지 마세요."

그날 나는 뭐라고 형언할 수 없는 불안 속에서 지냈다. 엘레노르에 관해 아무 소식도 듣지 못한 채 이틀이 지났다. 나는 형편이 어떻게 돌아가는지 알 수가 없어서 괴로웠고, 그녀를 만날 수 없기 때문에 더욱 괴로움을 겪고 있다는 사실을 깨달았을 때 무척 놀랐다. 그러면서도 나는 그녀가 그 계획을 단념해주기를 바라고 있었으며, 그렇게 해줄 것이라고 은근히 믿고 있었다. 그럴 즈음에 하녀가 쪽지 한 장을 가지고 왔다. 어느 거리의 무슨 건물 3층으로 급히 와달라는 엘레노르의 편지였다. P 백작 때문에 집에서는 만날 수 없으니까 다른 장소에서 최후의 만남을 장식하고 싶은 모양이라고, 나는 아직도 희망을 껴안은 채 그곳으로 달려갔다. 그녀는 마치 어디론가 떠날 사람처럼 채비를 마친 차림으로 나를 기다리고 있었다. 만족감과 불안감을 감추지 못한 표정으로, 그녀는 내 눈빛에서 감정을 읽으려고 나에게 다가왔다.

"모든 게 끝났어요. 나는 이제 완전히 자유의 몸이에요. 나는 집을 나왔어요. 내 개인 재산에서 75루이의 연금을 받게 돼요. 그만하면 나는 충분해요. 당신은 여기서 6주간 더 머물러 있을 거죠? 떠날 때쯤이면 아마 당신을 모실 수 있을 거예요. 이젠 나를 만나러 여기로 오세요. 그래주실 거죠?"

그러고 나서 그녀는 마치 내 대답을 듣는 게 두렵기라도 한 듯 자신의 계획에 대해 수다를 늘어놓았다. 앞으로 자기는 세상 누구보다 행복해질 것이고, 나한테 아무런 희생도 요구하지 않을 것이며, 자기가 취한 이 결심은 나와 전혀 상관없이 자신에게 가장 타당한 방향으로 이루어질 것이라는 점을 나에게 설득시키려고, 그녀는 끝도 없이 장황하게 이유와 변명을 늘어놓았다. 나를 설득하기 위해 기울이는 노력에도 불구하고 그녀조차 자신의 말을 거의 믿지 못하는 표정이었다. 그녀는 내 말을 듣는 일이 두려운 나머지 제 자신의 말로 제 자신을 변명하고 제 자신을 안심시키고 있는 게 분명했다.

만약 내가 그녀의 결심을 반대라도 한다면 다시금 절망의 수렁으로 빠져들 수밖에 없는 제 자신의 처지를, 아니 그런 순간을 조금이라도 유보시키기 위해 그녀는 자신의 이야기를 활기 넘치는 목소리로 길게 떠들어댔다. 그리고 나는 마음속에서 그녀를 반대할 아무런 이유도 찾아낼 수가 없었다. 나는 그녀의 희생을 받아들였으며, 그것을 감사히 여겼으며, 이런 이유로 나는 행복하다고 덧붙여 말했다. 그뿐만 아니라, 피할 수 없는 사태가 벌어져 그녀로부터 떨어질 수 없는 의무가 나에게 지워지기를 언제나 갈망했다고까지 얘기했다. 내가 결단을 내리지 못한 것은 그녀의 처지를 망치는 일에는 아무래도 동의할 수 없다는 배려 탓이라고 말했다. 요컨대 모든 고통을, 모든 걱정을, 모든 후회를, 내 감정에 대한 모든 불안을 그녀에게서 쫓아내주는 것 외에는 아무것도 생각하고 있지 않았다고 말해주었다. 이렇게 말하는 동안, 확실히 나는 이 목적 이상의 것은 아무것도 생각지 않았고, 또한 그 약속의 말도 내 진심에서 나온 것이었다.

제5장

엘레노르와 P 백작의 별거는 항간에서 쉽게 예상되는 결과를 불러일으켰다. 엘레노르는 10년에 걸쳐 쌓아온 헌신과 정절의 결실을 하루아침에 잃어버렸다. 사람들은 그녀를 아무 남자에게나 몸을 내맡기는 그렇고 그런 여자와 다를 게 없다고 여겼다. 자식을 버린 비정한 어머니라고 손가락질을 해댔다. 별로 나무랄 데 없는 평판의 부인네들은, 여자에게 가장 본질적인 덕성인 모성애를 저버리면 언젠가는 다른 모든 덕성까지 저버리게 되는 법이라고, 사뭇 우쭐거리며 말하곤 했다.

동시에 사람들은 나를 비난하는 즐거움을 위해 그녀를 동정하는 체했다. 그들은 나의 행동을 두고 유혹자의 행위, 배은망덕한 소행이라고 몰아붙였고, 존경할 만한 남자와 친절하게 돌봐주어야 할 여자의 평화를 한때의 변덕스런 욕망을 채우기 위해 유린해버렸다고 비난했다. 아버지의 친구인 어떤 분은 엄중한 힐난을 퍼부었고, 또 나와 그렇게 친하지 않은 어떤 사람은 비꼬는 듯한 언사로 나를 비난했다. 이와는 반대로 젊은이들은 백작의 부인을 가로챈 나의 수완에 감탄했다는 듯, 내가 아무리 말려도 소용없는 농담으로 내 승리를 축하하고, 나를 본받아 자신들의 사랑을 쟁취하겠노라고 다짐하는 것이었다. 이런 통렬한 비난과 부끄러운 찬사 때문에 겪어야 했던 고통을 나는 도저히 표현할 수 없다.

만약에 내가 엘레노르를 진정으로 사랑했다면, 우리 두 사람에 대해 쏟아지는 세간의 평판을 유리한 방향으로 돌릴 수 있었을 것이다. 진실한 감정이란 대단한 힘을 갖는 것이어서, 그것이 입을 열기만 하면 오해라든가 부당한 인습 따위는 저절로 말문이 막히고 만다. 그러나 나는 남에게 감사하고 남의 지배를 받는 나약한 남자에 지나지 않았다. 나는 마음속 깊은 곳에서 끓어오르는 그 어떤 충동에 의해서도 힘을 얻을 수 없었다. 그래서 내 생각을 말할 때에도 당황하여 허둥댈 뿐, 대화를 빨리 끝내려고 했다. 혹시 대화가 길어질 듯싶으면 당장 싸움이라도 걸 것처럼 퉁명스런 말투로 상대에게 무안을 주곤 했다. 사실 그들에게 대답할 바에는 차라리 싸움이라도 벌이는 편이 훨씬 마음 편했을 것이다.

오래지 않아 엘레노르도 세상 여론이 자기한테 나쁘게 떠돌고 있다는 것을 알게 되었다. P 백작의 친척이면서 백작의 권세에 눌려 어쩔 수 없이 그녀와 교분을 나눠온 여자 둘이 있었다. 그동안 눌려 지내온 데 대한 분풀이를 맘껏 할 수 있게 되자 그들은 도덕의 엄정한 원칙을 늘어놓는다는 구실 아래 두 사람의 결별에 대해 가장 큰 환성을 올렸다.

남자들은 여전히 엘레노르를 찾아가고 있었지만, 그러나 그들의 허물없는 태도는 그녀가 이제는 유력한 인사의 보호도 받지 못할 뿐만 아니라 예전처럼 유부녀로서의 정당한 처지에 있지도 못하다는 사실을 말해주는 셈이었다. 그녀를 찾아오는 남자들 중에는 이전부터 그녀와 친한 사이였기 때문에 찾아간다고 말하는 사람도 있었지만, 어떤 남자들은 그녀가 아직도 미모를 잃지 않고 있으며, 게다가 이번에 그녀의 연애 사건을 알고는 그녀에 대한 야심을 품게 되었다고 말하기도 했다. 이들은 그녀 앞에서조차 그런 흑심을 감추려 하지 않았다. 각자가 나름의 이유를 들어 그녀와의 관계를 떠들어댔다. 다시 말하면 모두가 이 관계에는 변명이 필요하다고 생각한 것이다. 그리하여 가엾은 엘레노르는 평생 동안 빠져나오려 발버둥 쳐온 수렁 속에 영원히 빠져버리게 되었다. 모든 것이 그녀의 영혼을 욕되게 만들고 그녀의 자존심에 상처를 입혔다. 어떤 사람이 발길을 끊으면 그녀는 멸시당한 것이라 생각했고, 또 어떤 사람이 자주 찾아오면 그것은 그녀에게 무언가 비열한 흑심을 품고 있는 증거라고 생각했다. 따라서 그녀는, 홀로 있으면 괴로움에 몸을 떨었고, 사람들 속에 있게 되면 부끄러움으로 얼굴을 붉혔다.

아아! 물론 나는 그녀를 위로해주었어야 했다. 그녀를 품에 안고 이런 말을 해주었어야 했다. "자, 우리 함께 살아 갑시다. 우리를 경멸하는 사람들일랑 이제 잊어버립시다. 우리 둘만의 존경과 우리 둘만의 사랑으로 행복하게 지냅시다."

사실 나는 그런 노력을 기울이기도 했다. 그러나 이미 다 타버린 감정을 일으켜 세우기란 쉬운 일이 아니었다. 더구나 의무감에서 취해진 결심이 무슨 소용이 있겠는가.

엘레노르와 나는 서로에게 서로를 감추고 있었다. 그녀가 감수하는 희생이 결코 내가 요구한 게 아니라는 사실을 그녀 자신은 잘 알고 있었고, 그렇기 때문에 그녀는 그 희생으로 말미암아 겪게 된 여러 불편과 고통을 나에게 털어놓으려 하지 않았다. 그리고 나는 그 희생을 받아들인 셈이었기 때문에, 미리 예측할 수 있었는데도 피할 힘이 없었던 불행에 대해 불평하거나 원망할 수도 없는 노릇이었다. 그래서 우리 두 사람은 언제나 마음에 걸려 있는 단 한 가지 생각에 대해 꾸준히 입을 다물고 있었다. 우리는 애무를 나누고 사랑을 더불어 이야기하지만, 그것은 다른 이야기가 튀어나올까 봐 두려웠기 때문이다.

사랑하는 두 마음 사이에 비밀이 생기고, 그래서 두 사람 가운데 어느 한쪽이 상대에게 생각을 속이거나 감추게 되면, 당장에 사랑의 매력은 깨지고 행복은 무너져버린다. 격한 분노나 부정한 행실조차 서로의 이해와 노력으로 되돌이킬 수 있다. 그러나 감정을 숨기고 비밀을 감추는 짓은 사랑을 해치는 독소를 사랑 속에 스며들게 함으로써 사랑을 변질시키고 시들게 만든다.

참으로 이상한 모순이지만, 나는 누군가 다른 사람이 엘레노르를 비방하거나 비난하는 말을 들으면, 그것이 아무리 사소한 것일지라도 분개해서 거기에 반박하는 입장을 취하면서도, 일상의 대화 속에서는 나 스스로 그녀에게 상처를 주고 있었다. 그녀의 말에는 뭐든지 따랐지만, 여자라는 존재가 지닌 힘에는 혐오감을 품고 있었다. 그녀의 나약함, 그녀의 고집, 그녀의 고통 따위가 불러일으키는 횡포에 대해 나는 언제나 불평을 털어놓고 있었다. 그리고 나는 더없이 냉혹한 원칙을 과시하고 있었다. 한 방울의 눈물에도 저항하지 못하고, 말없는 슬픔에도 무릎을 꿇고, 여자와 떨어져 있어도 내가 준 고통에 괴로워하는 그 모습을 잊지 못하고…… 그런 내가 입만 다시 열었다 하면 남을 업신여기고 비난하는 냉혹한 모습으로 돌변하고 마는 것이다. 내가 엘레노르를 아무리 맞대놓고 찬양해도 그런 말투가 주는 인상을 지워버릴 수는 없었다. 사람들은 나를 증오하고 그녀를 동정했다. 하지만 그녀를 존경하지는 않았다. 사람들은 엘레노르 때문에 더 이상 여성을 존경하거나 연애 관계를 존중할 수 없게 되었다고 불평했다.

엘레노르를 늘 찾아오면서, P 백작과 헤어진 이후 그녀에게 가장 뜨거운 열의를 보인 남자가 있었는데, 너무한다 싶을 정도로 귀찮게 굴다가 출입을 금지당하게 되자 거기에 앙심을 품고 그녀에 대해 욕설을 퍼부었다. 나는 도저히 참을 수가 없었다. 우리 두 사람은 결투를 했다. 나는 그에게 중상을 입혔지만 나도 상처를 입었다. 이 사건이 있은 뒤로 엘레노르가 나를 만날 때마다 그 얼굴에 떠오르던 고뇌와 공포, 감사와 사랑이 뒤섞인 표정을 나는 도저히 잊을 수가 없다. 내가 그토록 사양했는데도 그녀는 내 숙소에 머물러 있으면서, 상처가 치유될 때까지 한시도 내 곁을 떠나지 않았다. 낮에는 책을 읽어주었고, 밤에는 거의 잠도 자지 않은 채 간병해주었다. 몸을 조금만 움직여도 신경을 쏟고, 내가 원하는 것은 무엇이건 말하기도 전에 눈치채서 베풀어주었다. 그녀의 영리하고 빈틈없는 호의는 그녀의 성품과 능력을 더욱 돋보이게 했다.

내가 죽으면 자기도 따라 죽을 것이라고, 그녀는 입버릇처럼 말하고 있었다. 나는 그녀의 애정에 감동하면서도 동시에 회한으로 가슴이 찢어지는 듯했다. 이처럼 변함없고 뜨거운 애정에 보답할 수 있는 길이 무엇인가를 생각했다. 나는 추억을 떠올리고, 앞날을 상상하고, 의무를 생각하고, 내 이성과 양식의 힘까지 헤아리며, 그녀를 행복하게 해줄 수 있는 방법을 여러 가지로 궁리했다. 그러나 어느 것 하나도 도움이 되지 못했다. 난처한 주변 상황, 어차피 헤어지게 되리라는 생각, 끊을 수 없는 인연에 대한 반발심, 이런 것들이 속으로 밀려와 나를 괴롭히고 있었다. 나는 결국 그녀의 사랑을 배반하고 있는 셈이었고, 이런 깨달음이 내 마음속에 일어날 때마다 나는 나 자신을 꾸짖었다. 그토록 그녀에게 절실한 사랑을 그녀가 의심하는 것처럼 보이면 나는 몹시 슬펐다. 동시에 그 사랑을 확신하는 것처럼 보여도 나는 괴로웠다. 그녀가 나보다 훨씬 훌륭하다는 생각이 들었다. 그녀에게 어울리지 않는 나 자신을 경멸했다. 사랑하면서도 사랑받지 못한다는 것은 얼마나 불행한 노릇인가. 하지만 이미 사랑하지도 않는 상대로부터 열렬한 사랑을 받고 있다는 것은 더욱 뼈아픈 불행이다. 엘레노르가 나 없이도 행복해질 수만 있다면, 지금까지도 그녀를 위해 온갖 위험을 무릅써온 이 목숨을 나는 수천 번이라도 내바쳤을 것이다.

아버지한테 승낙받은 6개월의 기한이 다 지나갔다. 이제 떠나야 할 때가 온 것이다. 엘레노르는 나의 출발에 대해 아무런 방해도 놓지 않았다. 방해는커녕, 출발을 며칠만이라도 늦춰달라는 부탁조차 하지 않았다. 그 대신, 두 달 뒤에 내가 그녀에게 돌아오든지, 아니면 그녀가 나한테 찾아오는 것을 허락해달라고 요구했다. 나는 그 약속을 지키겠다고 다짐했다. 그녀가 갈증으로 괴로워하고 있으며, 그 고통을 억누르려고 더 큰 고통을 겪고 있음을 나는 알고 있었다. 그런 순간에 무슨 부탁인들 들어주지 않을 수 있겠는가. 그녀는 나에게 떠나지 말라고 요구할 수도 있었을 것이다. 그녀가 눈물을 흘리면 도저히 저항하지 못했으리라는 것을 나는 알고 있었다. 그러나 그녀는 조금도 눈물을 보이지 않았고, 나는 그 점에 대해 감사했다. 그 때문에 그녀가 더욱 사랑스럽게 여겨졌다. 그리고 나 자신도, 그토록 모든 것을 바쳐 나를 사랑한 여자와 헤어지는 마당에 애절한 미련이나 아픔을 느끼지 않을 수 없었다. 오래된 정분에는 그처럼 깊고 뜨거운 무엇이 있는 게 아닌가. 정이란 우리 자신도 깨닫지 못하는 사이에 우리의 삶 안에서 그토록 커다란 부분을 차지하게 되는 것이다. 멀리 떨어져 있으면 우리는 태연히 정분을 끊기로 결심하고, 그 결심을 단행할 수 있는 기회가 오기를 손꼽아 기다리지만, 막상 그때가 오면 우리는 또 다른 공포에 휩싸여버린다. 실로 우리의 마음이란 가련하면서도 기묘한 것이어서, 옆에 있으면 불쾌한 사람조차 막상 헤어지려고 하면 가슴이 찢어지는 듯한 슬픔을 안겨주는 것이다.

고향으로 돌아와 엘레노르와 떨어져 있는 동안, 나는 정기적으로 그녀에게 편지를 띄웠다. 내 편지가 그녀에게 고통을 주지나 않을까 염려하면서도, 내가 실제로 겪은 감정이 아니면 전하고 싶지 않았다. 나는 그녀가 내 감정을 알아차려주었으면, 그것도 슬픔에 빠지지 않은 상태에서 그래주었으면 하고 바랐다. 사랑이라는 말 대신 애정이나 우정 또는 헌신이라는 말을 쓸 수 있었을 때 나는 기뻤다. 하지만 내가 보내는 편지 말고는 아무런 위안도 없이 슬프고 외롭게 살고 있을 엘레노르의 모습이 떠오르면, 냉담하게 형식적인 편지를 쓰고 있다가도 그 말미에 그녀를 달래는 데 적절한 열렬하고 달콤한 몇 마디를 서둘러 덧붙이곤 했다. 이렇게 나는, 그녀를 충분히 만족시킬 수 있는 말은 결코 쓰지 않고, 항상 그녀를 속일 수 있는 말만 편지에 썼다. 이것이야말로 이상한 거짓이었고, 이 성공이 나에게는 오히려 나쁜 결과가 되어 내 고뇌를 연장시키고 나를 견디기 어렵게 만들었다.

나는 지나가는 날들을 안타까운 마음으로 헤아리고 있었다. 나는 시간의 발걸음을 멈추게 하고 싶었다. 약속을 이행해야 할 때가 다가오고 있었다. 나는 두려움에 떨었다. 어떻게 해야 할지, 대책이 떠오르지 않았다. 내가 출발해야 할 것인지, 아니면 엘레노르를 이곳에 오게 해서 내가 사는 도시에 정착시켜야 할 것인지, 아무런 궁리도 해낼 수가 없었다. 아마 ─'아마'라고 말하는 것은 솔직히 말하지 않으면 안 되기 때문이다 ─나는 어느 것도 원하지 않았을 것이다. 나는 자유롭고 평안한 현재의 생활을, 그녀의 열정에 시달리며 초조하고 불안하게 보내던 지난날의 생활과 비교해 보았다. 나는 누구의 간섭도 받지 않고 지내는 생활이 정말로 마음에 들었다. 말하자면 나는 그녀의 사랑에 시달려온

몸을 세상 사람들의 냉담과 무관심 속에서 쉬고 있었던 것이다.

그렇다고 해서 우리가 약속한 계획을 내가 파기하고 싶어 한다는 의심을 엘레노르에게 불러일으킬 마음은 나지 않았다. 그녀는 내가 보낸 편지를 통해 내가 아버지 곁을 떠나기 어렵다는 것을 알고 있었다. 그래서 그녀는 자기가 떠날 준비를 하고 있다는 편지를 보내왔다. 나는 그녀의 결심에 반대하지도 않은 채 오랫동안 그대로 지내고 있었다. 이 문제에 관해서는 확실한 대답을 하지 않았다. 그저 막연하게, 당신을 만나는 일은 나에게 기쁨이며, 당신을 행복하게 해줄 수만 있다면 나의 기쁨이 될 것이라는 따위의 말만 덧붙였을 뿐이다. 서글픈 모호함, 복잡한 언어여! 이처럼 불투명한 표현을 쓰면서 나는 얼마나 괴로워했으며, 그것이 명료해지는 것을 얼마나 두려워했던가!

마침내 나는 솔직히 털어놓기로 결심했다. 그것이 나의 의무라고 생각했다. 나는 나의 의지박약한 태도에 대해 내 양심을 분기시켰다. 내가 솔직히 말함으로써 그녀가 고통을 받기는 하겠지만, 어느 정도 세월이 지나면 오히려 그녀에게 마음의 평안을 안겨줄 수 있으리라는 생각으로 마음을 다잡았다. 그녀에게 써 보내리라 생각한 말들을 소리 내어 읊조리며 방 안을 돌아다녔다. 그러나 두세 줄 쓰자마자 내 기분이 돌변했다. 나는 내가 털어놓는 말들에 대해, 그것이

함축하고 있는 본래의 의미에 따라서 헤아리지 않고 그것이 초래하게 될 결과에 따라서 생각했다. 그러자 내 손은 나도 모르는 초자연적인 힘에 이끌린 듯, 몇 달만 더 출발을 늦추어달라고 설득하는 정도로 편지를 끝내고 말았다. 내 속마음을 조금도 내보이지 못한 것이다. 내 편지에 성실한 것이라곤 한구석도 없었다. 진실하지 못했기 때문에 내가 제시한 이유란 것도 빈약할 수밖에 없었다.

　엘레노르의 답장은 격렬했다. 내가 만남을 꺼리는 데 대해 그녀는 화를 내면서 이렇게 말했다. 내가 도대체 당신에게 뭘 요구했단 말인가. 그저 당신 옆에서 남몰래 숨어 지내고 싶다는 것뿐이다. 아무도 나를 알아볼 수 없는 대도시의 한복판, 눈에 띄지 않는 으슥한 집 안에 내가 박혀 지낸다한들 당신이 두려울 게 무엇인가. 나는 당신을 위해서 재산도, 자식도, 명예도 모두 희생했다. 그 대가로 내가 요구하는 것은 그저 얌전한 노예처럼 당신을 기다리고, 하루의 얼마 동안만 당신과 함께 지내는 잠깐의 즐거움뿐이다. 두 달더 떨어져 있어야 한다는 당신의 제의도 나는 체념하며 받아들였다. 그 기간이 나에게 필요해서가 아니라 당신이 요구했기 때문이다. 그런데 마음 졸이며 보낸 나날이 쌓이고 쌓여 어느덧 당신이 정한 기한이 되자, 당신은 오랫동안 견뎌온 그 고통을 또다시 요구하고 있다. 어쩌면 나는 어긋난 길을 걷고 있는지 모른다. 어쩌면 나는 자포자기하듯 차갑고 무정한 남자에게 나의 모든 것을 바쳐버렸는지 모른다. 당신이 무슨 짓을 하든 그것은 당신의 자유지만, 모든 것을 다 바쳐 사랑한 남자에게 버림받은 나를 당신 마음대로 괴롭힐 수는 없다.

엘레노르는 이 편지 뒤에 곧바로 따라왔다. 그녀가 도착을 알려왔다. 나는 크게 기뻐하는 모습을 보여주리라 굳게 마음먹고 그녀를 찾아갔다. 그녀를 한시라도 빨리 안심시키고, 잠깐만이라도 그녀에게 행복과 안정을 주고 싶었다. 그러나 그녀는 이미 마음이 상해 있었다. 그녀는 의심에 찬 눈길로 나를 바라보았다. 이윽고 그녀는 내가 기쁜 표정을 짓고 있는 것이 진심과는 거리가 멀다는 것을 간파했다. 그녀는 나를 비난하기 시작했다. 나는 자존심이 긁히는 것을 느꼈다. 그녀는 내 성격을 모욕했다. 나의 나약함에 대해서 그녀는 너무나 처절한 표현으로 비난을 가했다. 때문에 나는 나 자신에 대해 화를 내기보다 오히려 그녀에 대해 울분을 터뜨렸다. 미친 듯한 분노가 두 사람을 휘어잡았다. 모든 동정은 사라지고 모든 사려는 잊었다. 분노의 손길이 서로에게 적개심을 불러일으킨 것 같았다. 가장 뿌리 깊은 증오가 그 손으로 두 사람을 위해 만들어준 것을 우리는 고스란히 서로에게 내던졌다. 이 세상에서 단둘이서만 서로 이해하고, 단둘이서만 서로 인정하고, 단둘이서만 서로 위로할 수 있었던 두 사람이 지금은 불행하게도 서로 욕하고 비난하는

데 정신이 없는 불구대천의 원수처럼 보였다.

우리는 무려 세 시간이나 말다툼을 계속한 끝에 헤어졌다. 변명도 없었고 사과의 말도 없었다. 우리 사이에 이런 일은 처음이었다. 엘레노르와 헤어지자마자 분노 대신에 통한이 솟아올랐다. 조금 전에 벌어졌던 일을 떠올리자 꿈이라도 꾼 것처럼 어리둥절한 기분이 들었다. 나는 내가 한 말들을 되풀이해보았지만, 그저 놀라울 뿐이었다. 내가 한 짓을 이해할 수가 없었다. 무엇이 나를 착란 상태에 빠뜨렸는지, 나는 내 마음에 물어보았다.

벌써 밤도 이슥해져 있었다. 엘레노르에게 돌아갈 생각은 없었다. 이튿날 아침 일찍 만나리라 작정하고 나는 아버지 댁으로 돌아왔다. 손님이 많이 와 있었다. 많은 사람이 모여 있어서 혼자 떨어져 심란한 기분을 감추기는 쉬웠다. 이윽고 손님들이 떠나고 단둘이 남게 되자 아버지가 말했다.

"P 백작의 옛 여자가 이 도시에 와 있다는구나. 나는 지금까지도 언제나 네가 무엇을 하든 상관하지 않았고, 또 너희들의 관계에 대해서도 알려고 한 적이 없었다. 하지만 네 나이에 공공연하게 정부를 두는 것은 올바른 일이 못 된다. 그래서 너한테 일러둔다만, 그 여자가 이곳을 떠나도록 조치해두었으니까 그리 알아라."

이렇게 말을 마치고 아버지는 내 곁을 떠났다. 나는 아버지 방까지 따라갔다. 아버지는 나에게 물러가라는 몸짓을 했다.

"아버지, 제가 엘레노르를 불러들인 것은 결코 아닙니다. 하늘이 다 아는 사실입니다. 저는 진정으로 그녀의 행복을 빌고 있고, 또 그녀의 행복을 위해서라면 두 번 다시 그녀를 만나지 못해도 좋습니다. 하지만 아버지, 무슨 일을 하시려는지는 모르지만 조심하셔야 할 거예요. 아버진 저를 엘레노르한테서 떼어놓으려 하시지만, 잘못하면 오히려 저를 영원히 그녀한테 묶어버리는 결과를 초래할지도 모르니까요."

나는 곧 하인을 불렀다. 그 하인은 내 여행에 따라갔기 때문에 나와 엘레노르의 관계를 훤히 알고 있었다. 나는 그에게 아버지가 취했다는 조치가 어떤 것인지 당장 알아오라고 지시했다. 그는 두 시간쯤 뒤에 돌아왔다. 비밀을 지킨다는 조건으로 아버지의 비서가 들려준 바에 따르면, 엘레노르는 이튿날 퇴거 명령을 받게 되리라는 것이었다.

"엘레노르가 쫓겨나다니!" 나는 부르짖었다. "누명을 쓰고 쫓겨나다니! 오직 나를 만나러 왔을 뿐인데. 나 때문에 가슴이 갈기갈기 찢겨버린 그녀가 아닌가. 그런데도 나는 그녀가 눈물 흘리는 것을 냉정히 바라보고만 있었어. 가엾은 여자, 나 때문에 세간의 존경을 잃고 홀로 이 덧없는 세상의 파도에 시달리다니, 도대체 어느 곳에 가서 그 머리를 쉴 수 있단 말인가. 누구에게 그 고통을 하소연할 수 있단 말인가."

결심은 곧바로 섰다. 나는 하인을 매수했다. 돈을 충분히 쥐여주고, 또 그 밖의 보수도 약속하면서, 내일 아침 6시까지 역마차 한 대를 도시 입구에 대기시켜놓도록 당부했다. 나는 엘레노르와의 영원한 결합을 위해 수많은 계획을 짰다. 나는 과거 어느 때보다 그녀를 사랑하고 있었다. 내 마음은 온통 그녀에게 돌아가 있었다. 그녀를 지켜주게 된 일이 더없이 자랑스러웠다. 그녀를 품에 안고 싶어서 애가 탔다. 사랑이 고스란히 나의 영혼 속에 돌아와 있었다. 머리에도, 가슴에도, 관능에도 격렬한 열기를 느끼고 나는 미칠 것만 같았다. 만약 그 순간 그녀가 내게서 떠나려 했다면 나는 그녀를 붙잡기 위해 그녀의 발치에 죽어 넘어졌을 것이다.

날이 밝았다. 나는 엘레노르에게 달려갔다. 그녀는 하룻밤을 울며 지새운 끝에 잠자리에 들어 있었다. 그 눈은 아직도 젖어 있었고 머리는 흐트러진 채였다. 내가 들어가자 그녀는 뜻밖이라는 표정으로 바라보았다.

"자, 나갑시다." 그녀가 뭐라 대꾸하려고 했다. 나는 말을 막으며 재촉했다. "자, 어서 떠납시다. 이 세상에서 나 말고 당신을 지켜줄 사람이 있나요? 아니면 친구가 있나요? 내 품이야말로 당신의 유일한 피난처가 아닌가요?" 그녀는 들으려 하지 않았다. "중대한 이유가 있어서 그래요. 그것도 우리 두 사람의 신상에 관한. 하지만 여기서 길게 얘기할 시간이 없어요. 제발 어서 떠납시다."

나는 그녀를 잡아끌었다. 가는 도중에 나는 그녀를 애무의 손길로 뒤덮고, 내 품에 끌어안고, 그녀가 질문을 던지면 입맞춤으로 대답했다. 그러면서 이야기했다. 나는 아버지가 우리 두 사람을 갈라놓으려 한다는 것을 알게 되었다. 당신 없이는 결코 행복해질 수 없는 나의 삶을 깨달았다. 목숨을 바쳐서라도 당신과의 결합을 지키고 싶다. 처음 얼마 동안 그녀는 대단히 고맙다는 표정을 지었다. 그러나 곧 내 이야기 속에 감추어진 모순을 간파했다. 애원을 거듭한 끝에 그녀는 나에게 진실을 털어놓게 만들었다. 그녀의 기쁨은 사라지고 어두운 그늘이 그녀의 얼굴을 뒤덮었다.

"아돌프, 당신은 뭔가 잘못 생각하고 있어요. 당신이 나에게 친절을 베푸는 것은 내가 고통을 당하고 있기 때문이에요. 그래서 나를 위해 당신 자신을 희생하고 있는 거라고요. 당신은 그게 사랑이라고 생각하지만, 실은 동정일 뿐이에요."

그녀는 왜 이처럼 불길한 소리를 입 밖에 낸 것일까. 그녀는 어째서 내가 잊으려고 애써온 마음속의 비밀을 들추어낸 것일까. 나는 그녀를 달래려고 애썼다. 성공했나 싶었지만, 그러나 진실은 이미 내 영혼에서 빠져나갔고 감동은 어이없이 무너져버렸다. 나는 희생을 각오하고 있었지만, 그 때문에 특별히 행복한 것은 아니었다. 그리고 이미 내 마음속에는 새롭게 감추어진 또 하나의 생각이 움트고 있었다.

제6장

우리 두 사람이 국경에 이르자 나는 아버지에게 편지를 썼다. 내 편지는 한껏 공손한 투로 쓰였지만, 그 밑에는 한 줄기 씁쓸한 기운이 흐르고 있었다. 아버지는 우리 두 사람의 관계를 끊으려고 하다가 오히려 더욱 굳게 결합시켜버린 셈이었다. 이 점에 대해서 나는 아버지를 원망했다. 엘레노르가 어느 정도 자리를 잡게 되어 나를 더 이상 필요로 하지 않게 될 때까지는 그녀와 헤어지기 힘들다는 점을 아버지한테 밝히고, 따라서 그녀를 궁지에 빠뜨림으로써 오히려 내가 그녀 옆에 언제까지나 붙어 있지 않으면 안 되는 경우가 생기지 않도록 선처해주기를 간청했다. 우리는 거처를 정해야 했기 때문에 나는 아버지의 답장을 초조하게 기다렸다.

이윽고 도착한 아버지의 편지는 다음과 같았다.

너의 나이가 벌써 스물넷이다. 나는 지금까지 너에게 행사해본 적도 없거니와, 그 기한도 거의 끝나가고 있는 아버지로서의 권위를 이제 와서 주장할 생각은 추호도 없다. 이번에 네가 보여준 그 철없는 행동도 가능한 한 감추어주도록 노력하마. 내 지시를 받고 용무 때문에 떠났다는 소문을 퍼뜨려두겠다. 너에게 필요한 비용도 얼마든지 보내주마. 너의 지금 생활이 너에게 합당한 것이 아니라는 사실을 얼마 못 가서 네 스스로 깨닫게 되리라 믿고 싶다. 너의 문벌, 너의 재능, 너의 재산을 다시 한번 생각해보아라. 조국도 없고 신분도 알 수 없는 여자와 한평생 반려가 되어 사는 것과는 다른 지위를 이 사회는 너에게 약속한 것이다. 너의 편지를 보건대, 다행히도 너는 이미 네 자신에 대해 불만을 느끼고 있고, 나아가 후회하고 있음을 알 수가 있다. 스스로얼굴 붉히는 상태를 더 이상 계속해봐야 아무 이득도 없다는 것을 명심하도록 해라. 너는 청춘의 가장 아름다운 시절을 헛되이 보내고 있어. 그리고 허송한 세월은 결코 되찾을 수가 없는 것이다.

아버지의 편지는 비수처럼 내 가슴을 찔렀다. 아버지의 말씀은 나 자신이 속으로 수없이 되풀이해온 생각을 지적하고 있었다. 하는 일도 없이 빈둥거리는 생활을 나는 골백번이나 후회하고 부끄럽게 여기고 있었다. 아버지의 편지가나를 꾸짖거나 협박하는 투로 쓰였다면 오히려 내 마음은 편했을 것이다. 그랬다면 거기에 반발함으로써 어느 정도 자존심을 건질 수도 있었을 것이고, 다가오는 위험으로부터 엘레노르를 지키기 위해 진력할 필요도 느꼈을 것이다. 그러나 실제로는 아무 위험도 없었다. 나는 완전히 자유로운 상태에 내던져져 있었다. 하지만 이 자유로운 상태는 나를 구속하는 멍에가 되어 나를 견딜 수 없게 만들 뿐이었다.

우리는 보헤미아*의 작은 도시 카덴에 자리를 잡았다. 엘레노르의 운명을 떠맡기로 작정한 이상, 그녀를 괴롭혀서는 안 된다고 나는 속으로 거듭거듭 다짐했다. 나는 우선 내 마음을 억제하는 데 성공했다. 아무리 작은 불만도 가슴 깊숙이 감추어두고, 온갖 수단을 다해 명랑한 얼굴을 가장하면서, 그것으로 깊은 슬픔을 잊으려고 애썼다. 이런 노력은 나 자신에 대해 생각지도 않은 결과를 낳았다. 사람의 마음이란 항상 변하기 쉬운 것이어서, 어떤 감정을 위장하고 있으면 결국에는 그 감정을 정말로 느끼게 된다. 나도 슬픔을 감추다 보니 정말로 슬픔을 어느 정도 잊게 되었다. 쉴 새 없는 농담은 우울증을 덜어주었고, 엘레노르와의 대화 속에서 사랑한다고 다짐하는 동안 내 마음속에는 진정한 사랑과 비슷한 달콤한 감동이 가득 차게 되었다.

이따금 불쾌한 추억이 나를 괴롭혔다. 혼자 있을 때면 나

* 오늘날 체코의 서부 지방. 이 작품의 시대적 배경인 18세기 말에는 합스부르크 군주국에 속한 왕국이었다. 카덴은 가공의 도시다.

는 솟구치는 불안에 몸을 떨었다. 이 뒤바뀐 세계로부터 당장이라도 뛰쳐나가고 싶어서 나는 별의별 기묘한 계획을 세우기도 했다. 하지만 나는 이런 기분들을 마치 악몽을 내치듯 떨쳐버리곤 했다. 엘레노르는 행복해 보였다. 그 행복을 어떻게 어지럽힐 수 있단 말인가? 다섯 달 남짓한 세월이 이렇게 지나갔다.

하루는 엘레노르가 안절부절못하는 태도로, 뭔가 마음에 걸리는 일을 나에게 숨기고 있는 듯한 기색을 보였다. 나는 숨기는 것이 있다면 털어놓으라고 간청했다. 그러자 그녀는 자신의 결심에 반대하지 않는다는 약속을 받고서야 P 백작으로부터 편지가 왔다는 사실을 털어놓았다. 그는 소송에서 이겼다. 그는 그녀가 예전에 바친 희생과 10년에 걸친 두 사람의 관계를 감사한 마음으로 되새기면서, 이제 와서 그녀와 다시 맺어지는 것은 불가능하지만, 두 사람 사이를 갈라놓은 그 배은망덕하고 불성실한 남자와의 관계를 청산해주기만 하면 재산의 절반을 주겠다고 제의했다.

"나는 답장을 보냈어요." 그녀가 말했다. "내가 거절했다는 것은 말하지 않아도 알겠죠."

물론 나는 그녀가 그랬으리라는 것을 너무나 잘 알고 있었다. 나는 감동했다. 하지만 엘레노르가 나 때문에 또다시 희생을 치른 데 절망했다. 그러면서도 그녀에게 무엇 하나 반대할 용기가 없었다. 이런 면에서 내가 행하는 시도는 언제나 이처럼 소용이 없었다. 나는 내가 다시 취해야 할 결심을 생각하려고 그 자리를 떠났다. 우리의 관계가 언젠가는 끝장나리라는 것은 숨길 수 없는 사실이었다. 이제 두 사람의 관계는, 나에게는 고통을 주었고 그녀에게는 조금도 도움이 안 되었다. 그녀가 적당한 지위를 회복하고 재산을 갖게 되면 조만간 세간의 존경도 되찾을 수 있을 것이다. 그것을 가로막고 있는 걸림돌은 나의 존재뿐이다. 그녀와 아이들 사이를 가로막고 있는 것도 나뿐이다. 나로서는 더 이상 변명의 여지가 없었다. 이런 상태에서도 그녀에게 양보하는 것은 관용이 아니라 죄를 짓는 나약함에 불과했다. 엘레노르가 나를 더 이상 필요로 하지 않게 되면 당장이라도 자유의 몸이 되어 아버지 곁으로 돌아가겠다고, 나는 아버지한테 약속한 터였다. 이제 그 시기가 왔다. 직장에 들어가 활동적인 생활을 시작하고, 남들의 존경을 받으며 나 자신의 능력을 발휘할 수 있는 때가 마침내 온 것이다. 나는 그녀에게 억지로라도 P 백작의 제의를 받아들이겠다는 결심을 받아낼 작정으로, 또 필요하다면 그녀를 더 이상 사랑하지 않는다고 확실히 말해주기로 마음먹고 그녀에게 되돌아갔다.

"누구나 한동안은 자신의 운명과 싸워보기도 하지만 결국에는 지고 마는 것이 보통입니다. 사회를 움직이는 법칙은 인간의 의지보다 훨씬 강력한 거예요. 아무리 열렬한 감정이라 할지라도 운명의 힘에 부딪히면 부서져버립니다. 자기 생각만으로는 어떻게든 해결될 것처럼 보이지만, 그러나 모든 게 소용없는 노릇이지요. 그렇기 때문에 언젠가는 이성에 귀를 기울이지 않으면 안 됩니다. 당신이나 나에게 합당치 못한 이 같은 처지에 당신을 더 이상 붙들어둘 수가 없어요. 당신을 위해서도 그렇고 나를 위해서도 그럴 수는 없습니다."

나는 엘레노르를 쳐다볼 수가 없었다. 이야기가 계속됨에 따라 내 생각은 점점 모호해지고 내 결심은 점점 약해지고 있었다. 나는 힘을 되찾으려고 애썼다. 그래서 조급한 어조로 말을 이었다.

"나는 언제까지나 당신의 벗입니다. 나는 언제나 변함없이 당신에게 가장 깊은 애정을 품을 겁니다. 우리가 만나서 지내온 2년 세월은 내 기억에서 사라지지 않은 채, 영원토록 내 생애 속에 가장 아름다운 추억으로 남아 있을 거예요. 하지만 사랑이라는 것, 관능에 몸을 떨고 무아지경에 도취되며 모든 이해타산과 의무를 망각하게 하는, 그런 사랑을 이제는 느낄 수가 없어요."

나는 눈을 쳐들지도 못한 채 오랫동안 그녀의 대답을 기다렸다. 이윽고 고개를 들어 그녀를 바라보니 그녀는 꼼짝도 않은 채 가만히 앉아 있었다. 그녀는 모든 사물을 바라보면서도 아무것도 분별하지 못하는 것 같았다. 나는 그녀의 손을 잡았다. 그 손은 차가웠다. 그녀는 내 손을 뿌리치면서

소리쳤다.

"어쩌라는 거예요? 나는 혼자, 나를 이해해주는 사람이라 곤 하나 없는 이 세상에서 혼자가 아닌가요? 그런데 더 말할 게 또 있나요? 이제 모든 게 끝나지 않았나요? 영원히 끝나 지 않았나요? 혼자 있게 해주세요. 돌아가주세요. 그게 당신 소원이 아닌가요?"

그녀는 자리를 뜨려다 비틀거렸다. 나는 그녀를 부축하 려고 했다. 하지만 그녀는 의식을 잃고 내 발치에 쓰러졌다. 나는 그녀를 안아 일으켜 입을 맞추고, 그녀의 의식을 되찾 기 위해 몸을 흔들었다.

"엘레노르!" 나는 외쳤다. "정신 차려요. 나에게 다시 돌아 와줘요. 당신을 사랑해요. 진정으로, 변함없이 당신을 사랑 합니다. 내가 한 이야기는 모두 당신을 위하는 마음에서 나 온 겁니다. 당신이 좀더 자유롭게 보다 좋은 길을 택할 수 있도록, 당신을 잠시 속였던 거예요."

변덕스러운 마음이여, 그리고 쉽사리 믿어버리는 약한 마 음이여. 생각하면 참으로 이해할 수 없는 일이다. 앞서 지껄 인 것과 그토록 어긋난 몇 마디가 엘레노르에게 다시금 생 기와 믿음을 주었다. 그녀는 이 말을 몇 번이고 되풀이하게 했다. 마치 내 말을 들으면서 주린 배를 채우는 사람처럼 보 였다. 그녀는 이제 나를 믿음으로 바라보고 있었다. 그녀 자 신의 사랑에 도취되어, 그것을 우리 두 사람의 사랑으로 착각했다. 그녀는 P 백작에게 보낼 답장을 결정해버렸다. 그리하여 나는 전보다 더 깊은 수렁으로 빠져들고 말았다.

석 달이 지나자 엘레노르의 신상에 새로운 변화가 생기고 있었다. 파벌 싸움이 끊이지 않는 공화국에서 영고성쇠는 흔히 볼 수 있는 일이지만, 이런 시운 때문에 망명 생활을 하고 있던 그녀의 부친이 폴란드로 돌아와 잃었던 재산까지 되찾게 된 것이다. 그는 추방당하던 당시에 아내의 품에 안겨 프랑스로 피난을 간 세 살배기 어린 딸에 대해서는 거의 기억할 수 없었으나, 지위를 되찾자 딸을 가까이 두고 싶어 했다. 망명 생활을 하던 러시아에서는 엘레노르에 관한 뜬소문을 그저 막연하게 들었을 뿐이었다. 엘레노르는 그의 외동딸이었고, 그 딸의 시중을 받으면서 만년의 외로움을 달래고 싶었다. 그는 딸의 행방을 알아내기 위해 애썼고, 결국 엘레노르의 거처를 알게 되자 자기한테 올 것을 당부했다.

그녀로서는 기억조차 없는 부친에 대해서 진정한 애정을 느낄 수 없었다. 그럼에도 그녀는 부친의 간청을 받아들이는 것이 올바른 도리라고 생각했다. 일종의 의무라고 여긴 것이다. 또한 그렇게 함으로써 자식들에게 적지 않은 재산을 물려줄 수 있고, 그녀 자신도 숱한 불운과 자신의 행실 때문에 박탈당한 지위에 다시 오를 수 있으리라 판단했다. 그러나 그녀는 내가 함께 가지 않으면 결코 폴란드에 가지 않겠다고 잘라 말했다.

"나는 이제 새로운 감동에 이끌리거나 할 나이는 지났어요. 아버지는 사실상 나에게 남이나 마찬가지예요. 내가 설령 여기에 남아 있더라도 아버지를 돌봐줄 사람은 많을 거예요. 아버지는 그것만으로도 행복할 수 있어요. 그리고 내 아이들은 P 백작의 재산을 물려받게 될 테고요. 사람들이 나를 비난하리라는 것은 나도 잘 알아요. 배은망덕한 딸이니 무정한 어미니 하고 나를 비난하겠죠. 하지만 나는 그동안 너무나 많은 고통에 시달려왔어요. 세상 사람들이 뭐라고 하든 상관없어요. 그런 평판에 좌우될 만큼 이제는 젊지도 않아요. 내 결심에 어딘가 고지식한 구석이 있다면, 아돌프, 그건 당신 책임이에요. 거짓말이라도 좋으니까 당신이 나를 사랑하고 있다는 말에 믿음을 가질 수만 있다면, 잠시 떨어져 있다고 한들 상관이 있겠어요? 언젠가 다시 만나 함께 살 수 있다는 희망으로 얼마든지 견뎌낼 수 있을 테니까요. 그러나 난 당신이 무엇을 바라고 있는지 알아요. 내가 천 리나 떨어진 곳에서 가정과 재산에 둘러싸여 안정되고 만족스러운 생활을 누리는 것, 그게 바로 당신이 바라는 바겠죠. 당신은 아마 그럴듯한 편지를 보낼 테고요. 눈에 보이는 듯해요. 그 편지는 내 가슴을 다시 갈기갈기 찢어놓을 거예요. 그런 경우를 나는 더 이상 당하고 싶지 않아요. 평생을 희생하며 살더라도, 당신이 진정으로 사랑만 해준다면 그게 나에겐 유일한 위안이 될 거예요. 더구나 당신은 나의 이런 희생을 받아주었잖아요. 그런데 나는 그 위안을 가질 수가 없어요. 당신은 벌써 무엇엔가 시달림을 당하고 있고, 또 우리 사이에 애정이 식어가고 있다는 것이 괴로워요. 그 것은 결국 당신이 준 고통이에요. 나는 또다시 고통을 받고 싶지 않아요."

엘레노르의 음성과 어조에는 어딘지 맵고 격렬한 데가 있어서, 깊고 애처로운 감동을 일으키기보다 굳은 결의를 느끼게 했다. 언제부터인가 그녀는 나에게 무언가를 요구할 경우, 내가 이미 거절이나 한 것처럼 미리 앞질러 화부터 내곤 했다. 그녀는 나의 행동을 하나에서 열까지 마음대로 좌우하고 있었다. 그러나 속으로는 내가 그런 노릇을 역겨워하고 있음을 알고 있었다. 이런 나의 반감에 그녀는 분개하고 있었고, 이 은밀한 감정을 쳐부수기 위해서라면 내 마음의 밑바닥까지 쳐들어왔을 것이다.

나는 나의 처지와 아버지의 간청과 나 자신의 장래에 대한 소망을 이야기하면서, 처음에는 고개를 숙이며 부탁하고, 끝내는 흥분에 휩싸였다. 그러나 엘레노르는 감정을 흩뜨리지 않았다. 사랑이란 모든 감정 중에서도 가장 이기적인 것이어서, 그것이 상처를 입으면 증오의 감정이 솟구치는 법이다. 하지만 나는 내가 그녀와 함께 있기 때문에 겪는 불편과 불행을 토로함으로써 그녀를 감동시키려고 애썼다.

참으로 이상한 노력이었다. 그러나 결과는 그녀에게 분노를 일으켰을 따름이다. 나는 폴란드로 그녀를 만나러 가겠다고 약속했다. 하지만 그녀는 성실지도 진실하지도 못한 내 약속에서, 한시라도 빨리 헤어지고 싶어 하는 기분을 보았을 뿐이다.

카덴에서 보낸 첫 해는 우리에게 아무런 변화도 없이 지나갔다. 엘레노르는 내가 침울해 있거나 풀 죽은 모습을 하고 있으면, 처음에는 슬퍼하고, 다음에는 화를 내고, 그러고는 내가 이제껏 감추어온 권태가 드러나는 것이라고 비난했다. 나는 나대로, 엘레노르가 생활에 만족해하는 듯 보이면, 나의 행복을 희생시켜 얻은 처지를 즐기고 있는 그녀에게 화가 나서, 내 본심을 냉소적으로 드러내 보임으로써 그녀가 즐기는 한때의 행복을 망쳐버렸다. 우리는 이처럼 에두른 표현을 사용하며 번갈아 공격하고는, 다시 한 발짝 물러나 모호한 표현으로 불만을 털어놓고, 모호한 말투로 변명을 늘어놓은 다음, 또다시 납덩이같은 침묵으로 돌아가곤 했다. 우리는 상대가 무슨 말을 하려고 하는지 잘 알고 있었고, 그렇기 때문에 그 말을 듣지 않으려고 아예 입을 닫아버렸다. 때로는 어느 한쪽이 양보를 하는 경우도 있었지만, 결국에는 다시 화해할 수 있는 기회를 놓쳐버리는 것이 보통이었다. 의혹으로 가득 차서 서로 상처를 입힌 두 마음은 다시 가까워지거나 아무는 일이 없었다. 나는 이따금 왜 이토록 비참한 처지에 머물러 있어야 하는가를 자문해보곤 했다. 만약에 내가 엘레노르를 떠나게 되면 필경 그녀는 내 뒤를 따라올 것이고, 그렇게 되면 새로운 고난과 희생을 감수해야 하리라. 이것이 그 대답이었다.

마침내 나는 이런 생각을 하기에 이르렀다. 이번을 마지막으로 그녀의 간청을 들어주기로 하자. 그녀가 다시 가정의 품 안에 안기게 되면 더는 나를 조르지 못할 것이다. 그래서 나는 폴란드까지 따라가겠다고 제의했다. 그런데 때마침 그녀의 부친이 갑자기 돌아가셨다는 소식이 날아왔다. 부친은 그녀를 유일한 상속인으로 지명했지만, 유언장이 그 이전의 편지와 달랐기 때문에, 먼 친척들은 이 점을 이유로 내세워 이의를 제기하고 나섰다. 엘레노르는 부친과 접촉이 거의 없었음에도 불구하고 부친의 죽음을 몹시 슬퍼했다. 부친을 끝내 돌봐드리지 못한 점에 대해서 자책하고, 그런 잘못을 내 탓으로 돌렸다.

"그 신성한 의무를 다하지 못한 건 당신 때문이에요. 이제는 재산 문제가 남아 있을 뿐이지만, 재산 따위는 당신을 위해서라면 얼마든지 포기할 수 있어요. 만나는 사람이라곤 적밖에 없는 나라에 혼자서 갈 마음은 추호도 없어요."

"나는 결코 당신에게 의무를 게을리하게 할 생각이 없었어요. 솔직히 말하면 나도 내 의무를 소홀히 하는 것이 얼마나 괴로운지 몰라요. 이런 점은 당신도 이해해야 합니다. 그런데도 당신은 이런 도리조차 인정한 일이 없어요. 좋아요, 내가 졌어요. 지금은 당신의 이해관계가 무엇보다 중요해요. 당신이 편한 시기를 골라서 함께 떠나도록 합시다."

우리는 실제로 출발했다. 여행의 위안, 새롭게 만나는 것들의 즐거움, 서로 애써온 조심스러움, 이런 것들이 우리 사이에 조금 남아 있던 애정의 불씨를 되살리곤 했다. 돌이켜 보면 우리는 불편한 관계 속에서나마 언제나 함께 있어왔고, 온갖 사건을 함께 겪어왔다. 그렇기 때문에 우리가 주고받는 말 한마디, 몸짓 하나까지 추억과 연결되어, 밤의 어둠 속을 스치고 사라지는 번갯불처럼 우리를 문득문득 과거로 데리고 돌아가 우리도 모르는 사이에 마음을 풀어주는 애잔한 감동에 잠기게 했다. 말하자면 우리는 마음속에 묻혀 있는 추억 한가운데에서 살고 있었다. 그러나 그 추억은, 이별을 생각하면 괴로움을 안겨줄 만큼 강렬하게 나타났으나, 함께 있는 것에서 행복을 느끼기엔 너무 약했다. 나는 일상의 답답함으로부터 숨을 돌리기 위해 이런 감동에 몸을 묻었다. 나는 가능한 대로 엘레노르에게 애정을 표현하여 그녀를 기쁘게 해주고 싶었다. 때로는 예전처럼 그녀에게 사랑의 말을 건네기도 했다. 그러나 이런 감정이나 표현조차, 마치 뿌리 뽑힌 나뭇가지에 매달려 시들어가는 나뭇잎처럼 힘없고 창백하게 퇴색하고 있었다.

제7장

　도착하자마자 엘레노르는 소송이 제기된 유산에 대해 판결이 내려질 때까지는 권리를 행사하지 않는다는 조건으로 상속권을 회복하는 데 성공했다. 그녀는 부친의 소유지 중에서 하나를 골라 그곳에 정착했다. 어떤 일에 관해서건 서면으로는 대놓고 언급한 적이 없는 아버지가 이번 여행에 대해서는 은근히 비난하는 투로 편지를 보내왔다.

　너는 떠나지 않겠다고 나한테 말해왔다. 그 이유도 이것저것 늘어놓곤 했었지. 그래서 나는 오히려 네가 떠날 게 뻔하다고 확신하고 있었어. 네가 독립심을 가지고 있으면서도 언제나 네 자신의 희망과는 반대로 행동하는 것을 볼 때마다 나는 그저 애처롭게 생각할 뿐이다. 게다가 너의 처지를 잘 알지도 못하기 때문에 그 좋고 나쁨은 판단하지 않겠다. 지금까지는 네가 엘레노르의 보호자라고 생각하고 있었다. 따라서 그 점에 있어서는 네가 집착하고 있는 상대가 누구든, 너의 행동에는 너의 인격을 드높여주는 무언가 고상한 것이 있었다. 그런데 지금에 와서 보면 너희들의 관계는 이미 예전의 그런 관계가 아니다. 이제는 네가 그 여자를 보호하고 있는 게 아니라, 오히려 그녀가 너를 보호하고 있다. 너는 그 여자의 집에서 지내고 있으며, 더 엄격하게 말하면 너는 그 여자의 가정에 초대를 받은 한 사람의 손님인 것이다. 나는 네가 스스로 선택한 입장에 관해 이러쿵저러쿵 말하지 않겠다. 하지만 네가 지금 처해 있는 입장에는 여러 가지 불편한 점도 있을 게 분명하니, 나는 그것을 힘닿는 데까지 덜어주고 싶을 뿐이다. 그곳에 공사로 주재하고 있는 T 남작에게 너를 부탁하는 편지를 보내두었다. 이 점을 네가 어떻게 생각할지는 모르겠다만, 적어도 거기에서 내 성의만이라도 보아주기 바란다. 그리고 네가 언제나 멋지게 지켜온 독립심을 침해할 생각은 추호도 없다는 점을 알아주기 바란다.

나는 이 편지를 읽으면서 억누를 수 없는 갖가지 회한에 잠겼다. 내가 엘레노르와 함께 살고 있는 곳은 바르샤바*에서 그리 멀지 않은 곳이었다. 나는 그 도시에 있는 T 남작의

* 폴란드의 수도.

저택을 찾아갔다. 그는 나를 친절하게 맞아주었고, 폴란드에 머물고 있는 이유와 앞으로의 계획을 물었다. 나는 뭐라고 대답하면 좋을지 난감했다. 어색한 대화가 얼마간 오간 뒤에 남작이 말을 꺼냈다.

"솔직히 말하겠네. 무엇 때문에 자네가 이 나라에 와 있는지, 사실 나는 잘 알고 있다네. 자네 부친께서 알려주셨지. 감히 말하지만 나는 충분히 이해할 수 있어. 자신에게 어울리지 않는 관계를 끊고 싶다는 기분과 사랑하는 여자에게 고통을 주지나 않을까 하는 염려 사이에서 고민한 적이 평생 한 번도 없는 남자는 아마도 없을 걸세. 더욱이 젊은 사람들은 경험이 없기 때문에, 그처럼 난처한 지경에 놓이게 되면 과장해서 생각하기 쉽지. 여자들은 나약하고 감정적이기 때문에 완력이나 이성 앞에서 곧잘 고통받는 듯한 표정이나 행동을 보이곤 하는데, 남자들은 그걸 그대로 믿고 기뻐라 하지. 그것 때문에 마음은 아프지만 자존심은 한결 우쭐해져서 쾌재를 부르게 되는 것일세. 따라서 자기가 관계를 맺고 있는 상대의 절망에 희생당하고 있다는 생각을 가진 남자도, 사실은 제 자신의 허영심을 착각함으로써 희생당하고 있을 뿐이라네. 이 세상에는 정열적인 여자들이 득실거리지만, 그네들 가운데 버림받게 되면 죽어버리겠다는 말을 해보지 않은 여자는 단 한 사람도 없을 걸세. 그런 말을 공공연히 지껄이고도 여전히 살아 있지 않은 여자, 아직도 슬픔을 잊지 못하고 있는 여자도 없을 것이네."

나는 그의 말을 가로막으려 했지만, 그가 말을 계속했다.

"혹시 내가 한 말이 지나쳤다면 용서하게. 그러나 내가 들은 자네의 좋은 평판과 보기만 해도 알 수 있는 유망한 재능, 장차 가지게 될 직업, 이런 것들을 생각할 때 나는 모든 것을 솔직히 털어놓을 수밖에 없네. 자네가 어떻게 생각하든, 나는 자네의 마음을 자네 자신보다 더 훤히 들여다보고 있네. 지금까지 자네를 사로잡아왔고 여기까지 자네를 끌고 온 그 여자를 자네는 지금 사랑하고 있지 않아. 아직도 그녀를 사랑하고 있다면 자네는 나를 찾아오지도 않았을 걸세. 자네는 아버님이 나한테 편지를 보냈다는 사실도 알고 있었고, 자네가 나를 찾아오면 내가 무슨 말을 할 것인지도 미리 짐작했을 테니까. 기분 좋을 게 없는 이야기를 들으면서도 자네는 조금도 화를 내지 않고 있는데, 그것은 내가 한 이야기가 바로 자네 자신의 생각이기 때문일세. 끊임없이 되풀이하면서도 언제나 소용없다고 포기해버린 논리 말일세. 그리고 엘레노르라는 여자의 평판을 말하자면, 형편없는 여자다 하는 정도가 아니야."

나는 그의 말을 막았다.

"부탁입니다. 말해봤자 아무 소용도 없는 이야기는 제발 그만해주세요. 갖가지 불행한 환경 때문에 엘레노르도 처음 얼마 동안은 함부로 살았을지 모릅니다. 소문만 듣고 그녀를 좋지 않게 생각할 수도 있겠지요. 하지만 저는 지난 3년 동안 그 여자를 알아왔습니다. 그동안 제가 본 바로는, 그녀만큼 고결한 영혼과 성격을, 그녀만큼 순결하고 상냥한 마음씨를 가진 여자는 이 세상 어디에도 없습니다."

"자네 생각으로야 그럴 테지. 하지만 세상 사람들의 눈이란 그처럼 세세한 것까지 보지 않아. 사실은 명백하고, 누구나 다 알고 있다네. 그리고 그 사실을 나에게 상기시키지 않으면 그것이 부서져 없어질 거라고 생각하나? 인생살이에서는 저 혼자 원한다고 그것을 다 할 수 있다고 생각해서는 안되네. 설마 엘레노르와 결혼하려는 것은 아니겠지?"

"물론입니다. 저도 그렇고 그녀도 그렇지만, 우린 결혼을 바란 적이 없습니다."

"그렇다면 어떻게 할 작정인가? 그녀는 자네보다 열 살이나 나이가 많아. 자네는 지금 스물여섯이니까 앞으로도 10년은 더 그녀를 보살필 수 있겠지. 그때 가서 그녀는 노파가 될 테고 말이지. 그리고 자네는 무엇 하나 제대로 시작한 것 없이, 무엇 하나 만족스럽게 이루지도 못한 채 인생의 중반에 이르게 돼. 자네는 권태에 사로잡히게 되고, 그녀는 짜증이나 내면서 심술을 부리겠지. 그녀는 자네에게 나날이 불쾌한 존재가 되고, 자네는 그녀에게 나날이 필요한 존재가 되고…… 그리하여 자네는, 명문 출신에다 많은 재산과 뛰어난 재능을 가졌음에도 친구들로부터 점점 잊히고, 명예의

길은 점점 멀어지고, 결국은 무슨 짓을 해도 달가워하지 않는 여자 하나 때문에 폴란드 한구석에 묻힌 채 덧없이 세월을 보내게 되겠지. 한마디만 더 하고 자네를 괴롭히는 이야기는 더 이상 하지 않겠네. 자네 앞에는 길이 활짝 열려 있어. 문학을 하든 군인이 되든 공직자가 되든, 마음대로 선택할 수 있어. 자네는 어떤 명문 집안과도 맺어질 수 있네. 자네는 뭐든지 할 수 있어. 하지만 명심하게. 자네와 온갖 종류의 성공 사이에는 넘어야 할 장벽이 가로놓여 있다는 것을, 그리고 그 장애물은 바로 엘레노르라는 것을."

"잠자코 듣기만 하는 것이 도리라고 생각했습니다만, 저에게 하신 말씀이 조금도 제 마음을 흔들지 못했다는 것을 분명히 말씀드리고 싶군요. 되풀이되는 얘기입니다만, 저 말고는 아무도 엘레노르를 판단할 수 없습니다. 그녀가 얼마나 진실한 마음을 가졌으며 얼마나 깊은 영혼을 가지고 있는지, 그것을 헤아릴 수 있는 사람은 아무도 없습니다. 그녀가 저를 필요로 하는 한, 저는 언제까지나 그녀 곁에 남아 있을 작정입니다. 제가 어떤 성공을 얻는다 할지라도, 그것이 그녀를 불행에 빠뜨리는 것이라면 무슨 위안이 되겠습니까. 그녀를 이해하지 못하는 이 불공평한 세상에 맞서서 그녀의 기둥이 되어주고, 그녀의 힘이 되어주고, 또한 애정을 가지고 그녀를 감싸주는 것만으로 평생을 보내야 한다 할지라도, 저는 결코 인생을 허송세월로 낭비했다고는 생각지 않을 것입니다."

나는 밖으로 나왔다. 그러나 이런 말을 털어놓게 만든 그 감정이 그 말을 채 끝내기도 전에 사라져버리다니, 이 변덕스러운 마음의 갈피를 누가 헤아릴 수 있으랴!

나는 천천히 걸어갔다. 방금 전까지 그토록 옹호했던 엘레노르와 만나는 순간을 되도록 늦추기 위해, 나는 걸어서 돌아가기로 했다. 나는 서둘러 시내를 벗어났다. 한시라도 빨리 혼자 있고 싶었다.

들녘 한복판에 이르자 걸음을 늦추었다. 온갖 생각이 머릿속을 어지럽혔다. "자네와 온갖 종류의 성공 사이에는 넘어야 할 장벽이 가로놓여 있다. 그 장애물은 바로 엘레노르다." 남작한테 들은 이 불길한 말이 내 주위에서 울리고 있었다. 나는 이제 돌이킬 수 없이 흘러가버린 세월 위로 오랫동안 서글픈 눈길을 던졌다. 젊은 시절에 품었던 갖가지 희망, 그때만 해도 미래가 뜻대로 열리리라 생각했던 확신, 내가 최초로 쓴 글에 주어진 찬사, 빛날 듯이 보이다가 사라져버린 명성의 서광, 이런 것들이 줄지어 머릿속을 지나갔다. 나는 지난날 오만하게 경멸했던 몇몇 학우들의 이름을 되뇌었다. 그들은 꾸준한 공부와 규칙적인 생활 덕분에 재산이나 존경이나 명예를 얻는 길에 올라, 나를 멀찌감치 앞서버렸다. 나는 나의 무위한 생활을 괴로워하고 있었다. 마치 수전노가 자신이 쌓아놓은 보물을 바라보며 그 보물로 사들일 수 있는 재산을 마음에 그려보듯, 나는 엘레노르를 앞에 놓고 내가 그토록 열망해온 성공이 덧없이 사라져버리는 쓸쓸함을 맛보았다. 내가 애석하게 여기는 것은 어떤 한 가지의 직업만이 아니었다. 나는 아무런 직업도 가져본 일이 없기 때문에 모든 직업이 다 아쉽게 느껴졌다. 나는 내 능력을 사용해본 적도 없기 때문에 내 능력이 어느 정도인지도 알 수가 없었다. 그러면서 나는 내 능력을 저주했다. 자연이 나를 무능력하고 평범한 남자로 낳아주었다면, 하다못해 자진해서 타락하는 회한은 피할 수 있었을 텐데. 나의 재능과 지식에 대한 칭찬은 모두 견디기 어려운 비난으로 여겨졌다. 감옥 한구석에 쇠사슬로 묶여 있는 장사의 기운찬 팔을 찬양하는 짓궂은 소리처럼 들렸다. 용기를 내어 아직 때를 놓친 것은 아니라고 속으로 외치면, 엘레노르의 모습이 망령처럼 눈앞에 떠올라 나를 허무의 심연 속으로 다시금 떠밀었다. 나는 그녀에 대한 분노가 치미는 것을 느꼈다. 그러면서도 내 마음은 착잡했다. 슬퍼하고 있을 그녀를 생각하면 이 분노의 감정도 어느새 물러가버리는 것이었다.

이처럼 쓰라린 감정에 시달리는 나의 영혼은 뜻밖에도 엉뚱한, 그와는 정반대의 감정 속에서 안식처를 찾아냈다. 즐겁고 화평한 결혼의 가능성에 관해서 T 남작이 말한 몇 마디가 나에게 이상적인 반려자의 모습을 상상하게 만들었다. 그런 운명이 나에게 안겨줄 평안과 존경과 자주적인 생활

따위를 나는 생각해보았다. 내가 오랫동안 끊지 못하고 질질 끌어온 관계는 정식으로 인정받은 결과보다 천배나 많은 속박을 나한테 주고 있었기 때문이다. 나는 아버지가 기뻐하실 모습을 상상했다. 고국에 돌아가 같은 계층의 사회에서 내가 당연히 누려야 할 지위를 되찾고 싶다는 생각이 나를 견딜 수 없게 했다. 냉혹한 자들의 악의에 찬 험담과 엘레노르한테서 받은 갖가지 비난의 소리를 생각하면, 나야말로 엄정하고 나무랄 데 없는 태도를 취하는 것처럼 생각되었다.

나는 속으로 중얼거렸다.

'엘레노르는 걸핏하면 냉정하다느니 배은망덕하다느니 무정하다느니 하는 말로 나를 비난한다. 아아, 사회 관습으로부터도 인정을 받고 아버지도 떳떳하게 며느리로 받아줄 수 있는 여자를 하늘이 나에게 내려준다면, 나는 그 여자를 행복하게 하는 데서 지금보다 천배나 더 행복을 느꼈을 텐데. 나의 감정은 지금 고통에 시달리고 있기 때문에 그 모습을 진정으로 이해해주는 사람도 없고, 화를 내고 협박한다고 해서 선선히 그 모습을 드러내 보일 수도 없는 노릇이 아닌가. 그러나 사랑하는 사람, 남들의 존경을 받으며 올바르게 이 생애를 반려해줄 사람과 함께라면 이 감정에 몸을 내맡기는 일이 얼마나 즐거울 것인가. 엘레노르를 위해 내가 하지 않은 일이 뭐가 있단 말인가. 고국과 가정을 등진 것도 그녀 때문이요, 아직도 머나먼 고국 땅에서 탄식으로 나날을 보내고 계실 아버지에게 고통과 슬픔을 안겨드리게 된 것도 그녀 때문이요, 내 청춘이 명예나 명성도 없이, 아무런 즐거움이나 희망도 없이, 쓸쓸하고 허망하게 사라져버리는 것도 다 그녀 때문이 아닌가. 사랑이나 의무도 없는데 이런 희생을 치를 수 있었다는 것은, 사랑이 있고 의무가 있다면 무엇이든 할 수 있다는 증거가 아닌가. 오로지 고통만으로 나를 지배하려 드는 여자의 그 고통을 내가 이렇게까지 두려워한다면, 회한도 없고 거리낌도 없이 이 몸을 바칠 수 있는 여자를 위해서라면 그녀의 슬픔과 고통을 덜어주기 위해 나는 얼마나 많은 정성과 노력을 쏟았을 것인가. 만약 그렇게 되었다면 나는 지금의 나 자신과 얼마나 다르게 보였을까. 원인을 알 수 없기 때문에 죄악으로 여겨지고 있는 나의 신랄함은 얼마나 빨리 사라졌을까. 얼마나 나는 하늘에 감사하고, 얼마나 사람들에게 친절을 베풀었을 것인가.'

이렇게 중얼거리는 동안 나의 두 눈은 눈물로 흐려지고, 수많은 추억이 격류처럼 내 마음속으로 흘러 들어왔다. 엘레노르와의 관계는 이 온갖 추억에 염증을 일으키게 했다. 철없이 뛰놀던 장소와 함께 놀았던 친구들, 나에게 아낌없는 관심과 애정을 쏟아주던 할머니와 할아버지, 어린 시절을 생각나게 하는 이 모든 것들이 나를 아프게 하고 괴롭혔다. 매력적인 모습을 머리에 그려보는 것도, 자연스러운 소망을 마음에 품는 것도 나는 불길한 것으로 여겨 물리치게 되었다. 그런데 내 상상의 거울 속에 홀연히 떠오른 저 반려의 여인은 모든 매력적인 모습과 결부되고 자연스러운 소망을 모두 이루어주었다. 그 여자는 나의 모든 의무와 즐거움과 취미와 결부되었다. 희망에 부풀어 있던 그 시절은 이제 엘레노르 때문에 건널 수 없는 깊은 심연으로 차단되어 있지만, 그 여자는 그 시절과 현재의 내 생활을 결부시켜주었다.

아무리 미세한 일도, 아무리 사소한 것들도 모두 나의 기억 속에 되살아났다. 아버지와 함께 살았던 고색창연한 성관, 그 주변의 나무숲, 성벽 아래 흐르는 시내, 지평선 아득히 펼쳐져 있는 산줄기, 이런 것들이 눈앞에 떠올랐다. 너무도 뚜렷하고 생생하게 떠올랐기 때문에 나는 더욱 전율에 사로잡혀 견딜 수가 없을 정도였다. 나의 상상력은 이런 것들을 희망으로 아름답게 채색하고, 젊고 청초한 여인을 그 옆에 나란히 놓았다. 나는 여전히 확실한 계획도 없이, 엘레노르와의 관계를 끊겠다는 생각도 없이, 현실에 대해서는 모호하고 막막한 느낌밖에 가지지 못한 채, 이런 몽상에 잠겨 돌아다녔다. 그것은 고통에 시달린 남자가 잠이 들면 꿈속에서 위안을 얻을 수 있지만 언젠가는 그 꿈에서 깨리라 예감하고 있는 것과 같은 상태였다. 문득 엘레노르의 저택이 눈에 들어왔다. 나도 모르는 사이에 그곳으로 다가가고 있었던 것이다. 나는 걸음을 멈추고 다른 길을 찾았다. 그녀의 목소리를 듣는 시간을 조금이라도 더 늦추고 싶었다.

날이 저물고 있었다. 그러나 하늘은 여전히 맑았고 들판에는 아무도 보이지 않았다. 사람들은 하루 일을 끝낸 상태였고, 자연은 자연 그대로 내던져져 있었다. 내 생각은 점점 엄숙하고 무거운 색깔을 띠게 되었다. 시간이 갈수록 점점 짙어지는 밤의 어스름, 이따금씩 멀리서 들려오는 소음 때문에 깨져버리는 나를 둘러싼 정적. 나는 어느새 흥분을 털고, 오히려 전보다 더욱 차분하고 무거워진 감정을 느끼고 있었다. 잿빛 감도는 지평선 너머로 눈길을 던지니, 이제는 끝도 알 수 없는, 그렇기 때문에 오히려 막막한 느낌만 눈에 들어왔다. 나는 오랫동안 이런 느낌을 만나본 적이 없었다. 언제나 개인적인 일에만 정신을 쏟고 내 처지에만 시선을 기울이고 있었던 탓에, 나는 어느새 일반적인 문제에 대해서는 무감각해져 있었다. 내 마음을 사로잡는 문제란 오직 엘레노르와 나 자신에 국한되어버렸다. 그 엘레노르에게는 이제 권태가 뒤섞인 연민밖에 느끼지 않았고, 나 자신에게는 아무런 존경심도 가질 수 없었다. 말하자면 나는 새로운 종류의 이기주의, 용기도 없이 만사에 불만이나 토로하면서 지내는 비열한 이기주의 속에 갇혀 지내면서 나 자신을 하찮은 존재로 만들어버린 것이다. 그런데 이제 그것이 다른 생각으로 되살아나고, 나 자신도 잊고 있었던 능력을 되찾아내고, 이해타산을 초월한 명상에 잠길 수 있다는 것이 나는 몹시도 기뻤다. 내 영혼이 오랫동안 겪어온 수치스러운 타락의 밑바닥에서 다시 떠오른 듯했다.

그날 밤은 그렇게 지나갔다. 나는 한밤 내내 정처 없이 걸어 다녔다. 밭과 숲, 조용해진 마을들을 돌아다녔다. 이따금 어딘지 모를 먼 인가 쪽에서 어둠을 뚫고 오는 희미한 불빛이 눈에 들어오곤 했다. 나는 속으로 중얼거렸다.

"저곳에서도 아마 어떤 불행한 사람이 고통으로 몸부림치거나 죽음과 싸우고 있을지 모른다. 죽음. 일상의 경험으로 늘 겪고 있으면서도 아직까지 인간에게 불가사의한 신비. 우리 마음을 전혀 위로해주지도 않고 치유해주지도 않으면서 틀림없이 다가오는 종말. 평소에는 무관심의 대상이지만 그러나 어느 순간이 오면 공포의 대상인 것. 그런데 나 자신도 이처럼 무분별한 짓을 하고 있다. 마치 인생에 끝이 없기라도 한 것처럼 인생을 거스르며 살고 있다. 나는 무참히 지나가버린 지난 몇 해를 되찾으려고 주위에 불행의 씨앗을 뿌리고 있지만, 설령 그것을 되찾아낸다 한들 얼마 안 가 세월이 내게서 앗아가고 말 것이다. 아아, 이런 헛된 수고는 그만두자. 세월이 흐르고 흘러 나의 하루하루가 덧없이 달아나는 것을 그저 멍하니 바라보며 즐기기나 하자. 절반이나 지나가버린 나의 인생, 그 인생의 방관자로서 그냥 가만히 있자. 뺏을 테면 빼앗아가고, 찢을 테면 찢어가라. 어차피 목숨을 늘릴 수도 없는 것. 애써 싸울 만한 가치가 어디 있겠는가."

죽음의 관념은 언제나 나를 강하게 지배하고 있었다. 아무리 극심한 고뇌에 빠져 있을 경우라도 죽음만 생각하면 당장에 마음이 진정되었다. 평소의 그런 작용이 지금 또다시 내 영혼을 움직이기 시작했다. 엘레노르에 대한 나의 감정은 아까만큼 엄격하지는 않게 되었다. 분노는 모두 사라졌다. 망상과 방황의 밤을 지내면서 남은 것은 상쾌하고 차분한 감정뿐이었다. 아마 내가 느끼고 있던 육체적 피로가 이 마음의 평온함을 도와주었을 것이다.

날이 새고 있었다. 이미 사물을 분간할 수 있을 정도였다. 나는 엘레노르의 저택에서 제법 먼 곳까지 와 있었다. 걱정하는 그녀가 문득 떠올라, 피곤하긴 했지만 되도록 빨리 그녀 곁으로 돌아가려고 걸음을 서둘렀다. 그때 말을 탄 한 사내를 만났다. 그녀가 나를 찾으러 보낸 남자였다. 그 남자의 말에 따르면 엘레노르는 어제 오후부터 걱정에 사로잡혀 있으며, 직접 바르샤바까지 가서 그 주변 일대를 돌아다녔지만 나를 찾지 못하자 말할 수 없는 불안에 싸여 집으로 돌아왔고, 그래서 지금은 나를 찾으려고 마을 사람들이 각처로 흩어져 갔다는 것이다. 이 말을 들으면서 나는 가슴에 저려오는 짜증을 참을 수가 없었다. 엘레노르한테 귀찮을 정도로 감시받고 있다는 생각을 하자 불끈 화가 치밀었다. 이런

게 다 그녀가 나를 사랑하기 때문이라고 속으로 나 자신을 달랬지만, 소용없는 일이었다. 그 사랑이라는 것이 사실은 내가 겪고 있는 불행의 원인이 아닌가. 그러면서도 나는 자책하려는 마음을 억눌렀다. 그녀가 걱정하며 괴로워하리라는 것을 알고 있었기 때문이다. 나는 말에 올라탔다. 우리는 말을 재촉하여, 엘레노르와 나 사이에 놓여 있는 땅을 급히 달려갔다. 그녀는 더할 수 없는 기쁨으로 나를 맞아주었다. 그녀의 감동이 내 가슴을 찔렀다. 우리의 대화는 짧게 끝났다. 나에게 휴식이 필요하다는 것을 그녀가 곧 깨달았기 때문이다. 그리하여 나는, 적어도 이번만은, 그녀의 마음을 상하는 어떤 말도 하지 않은 채 그녀 곁을 떠날 수 있었다.

제8장

이튿날 아침에 일어났을 때, 그 전날 내 마음을 어지럽혔던 생각이 아직도 내 머리를 떠나지 않고 있었다. 마음의 동요는 그 후 며칠 동안 계속 심해질 뿐이었다. 엘레노르는 그 원인을 캐내려고 했지만 소용없는 일이었다. 나는 그녀의 집요한 추궁을 어색하고 무뚝뚝한 한마디로 물리치곤 했다. 어쩌다 실토라도 하는 날이면 그녀는 다시금 깊은 고민에 빠질 것이고, 그러면 나는 또다시 내 마음을 감출 수밖에 없으리라는 것을 잘 알고 있었다. 그래서 그녀가 아무리 졸라도 양보하지 않았다.

그녀는 놀라고 걱정된 나머지, 내가 숨기고 있는 비밀을 알아내려고 여자 친구에게 도움을 청했다. 그녀는 자기 자신을 속이는 데 열중해 있었기 때문에 감정밖에 남아 있지 않은 곳에서 사실을 찾으려고 했다. 그 친구는 나의 까닭 모를 언짢음에 대해서, 우리 두 사람의 관계를 더 이상 지속하지 않으려는 나의 조심스런 기분에 대해서, 그리고 엘레노르와 헤어져 혼자가 되고 싶은 나의 해명할 수 없는 갈망에 대해서 나에게 이야기했다. 나는 오랫동안 잠자코 듣기만 했다. 나는 지금까지 엘레노르를 사랑하지 않는다는 말을 누구에게도 해본 적이 없었다. 그런 고백은 배신행위처럼 여겨졌기 때문에 입 밖에 내기가 싫었다. 그래도 나는 자신을 변명하고 싶었다. 그래서 적당한 말로 가감하여 전후 관계를 이야기했다. 엘레노르에 대한 찬사를 늘어놓은 다음, 내 행동이 무분별했음을 인정하고, 우리 두 사람이 난처한 지경에 빠져 있는 것은 그 때문이라고 말했다. 그러나 진짜 문제는 내가 엘레노르를 더 이상 사랑하지 않는 것이라는 사실을 분명하게 털어놓지 못했다.

듣고 있던 부인은 내 이야기에 감동했다. 그녀는 내가 나약함이라고 일컫는 것에서 관대함을 보았고, 내가 냉혹함이라고 부르는 것에서 불행을 보았다. 정열에 불탄 엘레노르에게는 분노를 자아냈던 해명의 말들이 공정한 친구의 마음에는 이런 확신을 안겨준 것이다. 사람은 이해관계를 떠났을 때 이렇게 공정해지는 것이리라. 누구도 제 마음의 이해득실을 남에게 맡겨서는 안 된다. 마음만이 마음의 입장을 변호할 수 있고, 마음만이 마음의 상처를 다스려줄 수 있다. 모든 중개자는 심판자가 된다. 중개자는 분석하고, 타협하고, 냉담함을 이해한다. 그 냉담함이 얼마든지 가능하다는 것을 인정하고, 경우에 따라서는 불가피하다는 점을 인정해준다. 냉담함을 변호해주기까지 하니까, 결국은 냉담함이 정당한 것으로 여겨지는 데에는 당사자도 놀랄 일인 것이다.

엘레노르의 비난 때문에 나는 나한테 잘못이 있다고 믿고 있었다. 그런데 그녀를 변호하는 줄만 알았던 여자 친구 덕에 나는 단지 불행한 사람일 뿐이라는 사실을 깨닫게 되었다. 나는 내 감정을 솔직히 다 털어놓고 말았다. 엘레노르에게 헌신과 동정과 연민의 마음을 가지고 있다는 것은 인정하지만, 내가 자신에게 의무감으로 부과하고 있는 여러 가지 일에 사랑의 감정은 조금도 들어 있지 않다는 말까지 덧붙였다. 이 사실은 그때까지만 해도 내 가슴속에 깊이 숨겨져 있어서, 이따금 말다툼을 하거나 화가 났을 때 엘레노르에게 조금 내비쳤을 뿐이지만, 이렇게 남에게 털어놓고 나자 이제는 다른 사람에게 옮겨 갔다는 사실로 말미암아 한층 더 현실적인 모습으로 나타났고, 그런 감정에 더욱 강한 무엇이 깃들어 있는 듯이 보였다. 친밀한 사이에 남모르게 숨겨져 있는 갈등을 제삼자에게 드러내 보인다는 것은 그야말로 중대하고도 돌이킬 수 없는 파국을 향해 치닫는 첫걸음이나 다름없다. 이 친밀한 관계라는 신전 구석에 비쳐든 햇빛은 밤새 어둠으로 감싸여 있던 파괴의 흔적들을 비추어, 그 파괴를 확인하게 만든다. 무덤 속에 안치된 시체는 그 원형을 유지하는 경우가 종종 있지만 일단 바깥 공기에 닿으면 가루가 되어 흩어져버리는 것과 마찬가지다.

엘레노르의 친구는 나를 떠나갔다. 우리가 주고받은 대화를 그녀가 엘레노르에게 어떻게 전했는지는 모르지만, 내가 객실에 다가가자 엘레노르의 흥분한 목소리가 들려왔다. 하지만 내 모습을 보고 그녀는 입을 다물었다. 이윽고 그녀는 여러 가지 표현을 써가며 보편적인 관념에 대해 늘어놓았지만, 그것은 사실상 나에 대한 비난과 공격이나 다름없었다.

"모종의 열성적인 우정만큼 괴상망측한 것은 없어요. 좀 더 골탕을 먹이려고 친절이나 베푸는 듯이 남의 일을 열심히 맡아주는 사람들이 있어요. 그들은 그런 행동을 애정이라고 말하지만 그런 애정보다는 차라리 증오가 나아요."

엘레노르의 친구가 나를 오히려 변호했으며, 내가 그다지 비난받을 만한 사람이 아니라고 말한 것이 엘레노르를 화나게 했다는 것을 나는 곧 알아차렸다. 그래서 나는 엘레노르에게 남과 몰래 협잡했다는 느낌을 안겨주게 되었고, 이것은 결국 우리 사이를 가로막는 또 하나의 쓸데없는 장벽이 되었다.

며칠이 지나면서 엘레노르는 점점 더 심한 지경에 이르게 되었다. 그녀는 전혀 자신을 억제하지 못했다. 불평할 트집이 생겼다 싶으면 양보도 없고 사려도 없이 당장에 그 해명을 요구했다. 불만을 감추면서 어색하게 지내는 것보다는 차라리 결별의 위험을 각오하는 편이 낫다는 태도였다. 그녀와 그 친구는 대판 싸운 뒤 영원히 절교해버리고 말았다.

"우리 둘만의 다툼에 어째서 남을 끌어들이는 거죠?" 나는 엘레노르에게 따져 물었다. "우리가 서로 이해하는 데 제삼자가 필요하다는 건가요. 또 앞으로 우리가 서로 이해하지 못한다면 제삼자가 개입한다 한들 무슨 소용이 있겠어요?"

"옳으신 말씀이에요." 그녀가 대답했다. "하지만 그건 당신 탓이에요. 이전엔 당신의 마음을 알기 위해 누구 다른 사람에게 도움을 청해본 적이 없었어요."

갑자기 엘레노르는 앞으로 생활 태도를 바꾸어볼 작정이라고 말했다. 그녀의 이야기를 듣고 알아차렸는데, 그녀는 나를 괴롭히고 있는 불만이 우리 생활의 적적함 때문이라고 생각하고 있었다. 그러면서도 그녀는 온갖 거짓 변명을 늘어놓은 뒤에야 겨우 체념하고 사실을 털어놓았다. 우리는 서로 마주 앉아 있으면서도 말 한마디 없이 우울하고 단조로운 밤들을 보냈다. 대화의 샘은 이미 말라버렸던 것이다.

엘레노르는 이웃이나 바르샤바에 살고 있는 귀족들을 집에 초대하기로 작정했다. 이런 계획에는 여러 가지 어려움과 위험이 있다는 것을 나는 쉽게 간파했다. 그녀와 유산 문제로 다투고 있는 친척들은 그녀의 지난 잘못을 들춰내고 그녀를 중상모략 하는 소문을 퍼뜨리고 있었다. 나는 그녀가 맞서 싸워야 할 굴욕에 몸서리치며 그녀의 계획을 말리려고 애썼다. 하지만 내 의견은 다 소용이 없었다. 조심스럽게 얘기하노라고 했지만 그녀는 내가 염려한 것에 자존심이 상하고 말았다. 그녀는 자기 생활이 불안정해서 내가 두 사람의 관계를 귀찮아하고 있다고 상상했다. 그렇기 때문에 더욱 그녀는 세간에 대해서도 명예로운 지위를 되찾고 싶어 했고, 그 점에서는 그녀의 노력이 어느 정도 성공을 거두었다. 그녀가 가지고 있는 재산, 나이는 들었지만 아직도 시들지 않은 미모, 그리고 그녀를 둘러싼 허다한 염문, 이런 것들이 그녀에 대한 호기심을 자극했던 것이다.

이윽고 그녀는 수많은 사람들로 둘러싸이게 되었다. 그러나 그녀 자신은 남몰래 깃들이는 당혹과 불안의 감정에 시달리고 있었다. 나는 나의 처지가 불만이었다. 그것을 엘레노르는 그녀 자신의 처지에 대한 불만으로 여겼다. 그녀는 제 자신의 처지에서 벗어나려고 몸부림쳤다. 그 원망이 격렬했던 만큼 그녀는 앞뒤를 헤아리지 못했다. 확고하지 못한 처지는 그녀의 행동을 자주 빗나가게 했고, 그녀의 태도를 조급하게 만들었다. 그녀는 상당한 재기才氣를 타고났으면서도 편협했다. 게다가 그 재기는 그녀의 과격한 성격 때문에 비뚤어져 있었고, 그 재기의 편협함은 그녀가 가장 올바른 길을 찾아내거나 미묘한 음영을 분간하는 데 방해가 되었다. 그리하여 그녀는 난생처음으로 제 나름의 계획을 세웠음에도, 그 목적을 이루는 데 너무 조바심한 나머지 그것을 놓쳐버렸다. 그녀는 얼마나 많은 불쾌감을 나에게 숨기면서 참아왔던가! 나는 나대로 얼마나 자주 그녀에게 속내를 털어놓을 용기도 없이 얼굴을 붉혔던가! 사람들 사이에서는 겸양과 절도의 힘이 크게 작용하기 때문에, 그녀가 전에 P 백작의 첩이었을 때 그의 친구들로부터 받은 존경은, 하인들의 시중을 받으며 막대한 유산의 상속자로 있는 지금 이웃 사람들한테 받는 존경보다 훨씬 큰 것이었다. 오만하게 굴다가도 금세 굽실거리고 상냥하게 굴다가도 벌컥 화를 내는 등, 그녀의 언행에는 어딘지 모르게 과격하고 변덕스러운 데가 있었고, 그렇기 때문에 침착성에만 관심을 두는 세상 사람들의 존경심은 무너져버렸다.

이렇게까지 엘레노르의 결점을 드러내는 것은 결국 나 자신을 꾸짖고 비난하기 위해서다. 말 한마디면 그녀를 진정시킬 수도 있었을 텐데, 왜 나는 그 한마디를 그녀에게 건네지 못했던 것일까.

그래도 우리는 전보다 한결 평온하게 지내고 있었다. 기분 전환 덕분에 평소 침울했던 우리의 상념들이 한결 부드러워졌다. 단둘이 있을 때는 거의 없었고, 마음속 감정을 제외하고는 서로를 신뢰하고 있었기 때문에, 그 감정 대신에 서로를 바라보는 일로 만족하고 있었다. 따라서 우리의 대화도 어느 정도의 즐거움을 되찾게 되었다.

그러나 얼마 못 가서 이 새로운 생활 방식은 나에게 곤경의 새로운 원인이 되었다. 엘레노르를 둘러싸고 있는 무리

들 속에 섞여 있는 동안 나 자신이 놀라움과 비난의 대상이 되어 있다는 사실을 깨달았다. 그녀의 소송에 관한 재판 날이 다가오고 있었다. 상대편 사람들은 그녀가 수많은 과오를 범해서 부친의 마음을 멀어지게 했다고 주장했다. 내가 이 나라에 와 있다는 사실이 그들의 주장을 뒷받침하는 증거가 되었다. 그녀의 친구들은 그녀에게 피해를 주었다고 나를 비난했다. 나에 대한 그녀의 열정은 용서하면서, 나의 행위는 야비한 것이라고 비난했다. 그들의 말에 따르면 나는 억제해야만 했을 감정을 오히려 남용했다는 것이다. 만약 내가 그녀를 버렸다면 그녀는 나를 뒤쫓아 왔을 것이고, 그랬다면 그녀는 나를 따라오기 위해 재산이고 뭐고 다 잊어버렸을 것이다. 이런 점을 아는 사람은 나뿐이었지만, 나는 이 비밀을 세간에 알릴 수가 없었다. 따라서 나는 엘레노르의 집에 있으면서도, 장차 그녀의 운명을 좌우하게 될 판결에 오히려 방해가 되는 일개 이방인에 불과한 듯이 여겨지고 있었다. 이것은 기묘하게도 사실과 정반대의 모습이지만, 나야말로 그녀의 희생자였음에도 사람들은 그녀를 나의 희생자로 여겨 동정하고 있었다.

이 괴로운 입장은 또 하나의 새로운 사정 때문에 더한층 복잡해졌다.

엘레노르의 행동과 태도에 갑자기 이상한 변화가 생겼다. 지금까지는 오로지 나에게만 마음을 쓰고 있는 것처럼 보였는데, 갑자기 그녀를 둘러싼 남자들에게 아첨을 받기도 하고 아첨을 요구하기도 하는 모습이 보였던 것이다. 그처럼 새침하고 그처럼 쌀쌀맞고 그처럼 까다로운 여자가 한꺼번에 성격이 변한 것처럼 여겨졌다. 그녀는 한 무리의 젊은이들 마음에 희망의 불을 놓았다. 그들 중에는 그녀의 미모에 반한 사람도 있었고, 또 그녀의 과거 잘못에도 불구하고 진정으로 그녀와 결혼하고 싶어 하는 사람도 있었다. 그녀는 그들과 마주 앉아 오랫동안 대화를 나누곤 했다. 그녀의 태도는 냉담한 듯하면서도 주저하는 것처럼 보였고, 거절하는 듯하면서도 시간 여유를 주는 것처럼 보였다. 말하자면 붙잡아두기 위해 살며시 물리치는 듯한, 모호하면서도 뭔가 끌어당기는 구석이 있었다.

나중에 그녀한테 들어서 알았고 또 사실이 증명해준 바이지만, 그녀가 이런 행동을 보인 것은 참으로 한심스러울 만큼 빗나간 착각 때문이었다. 그녀는 나의 질투심을 자극함으로써 나의 애정을 되살리려고 생각했던 것이다. 하지만 그것은 다시는 불 지필 수 없는 재를 헛되이 쑤석거리는 격이었다. 어쩌면 이런 계산 속에는 자신도 모르는 사이에 여자로서의 허영심이 어느 정도 섞여 있었을 것이다. 그러나 그녀는 나의 무관심에 상처를 입었고, 자신에게 아직도 남자의 마음을 끌 만한 매력이 남아 있다는 것을 스스로 확인하고 싶어 했다. 그래서 나에게 버림받은 마음의 고독 속에

서, 벌써 오랫동안 나한테 듣지 못한 사랑의 말을 듣는 것에
서 일종의 위안을 찾고 있었을 것이다.

어쨌거나 나는 그녀가 이렇게 된 동기를 한동안 잘못 생
각하고 있었다. 나는 내 앞날에 자유의 서광이 비치는 것을
보고 기뻐했다. 해방의 기대가 걸려 있는 이 중대한 기회를
행여 경솔하게 행동했다가 놓치게 되지나 않을까 싶어, 나
는 더욱 관대한 태도를 보이고, 더욱 만족하고 있는 것처럼
행동했다. 그러나 엘레노르는 나의 친절을 진정으로 생각했
고, 내가 없어도 그녀가 행복할 수 있겠구나 하는 나의 희망
을, 자기를 행복하게 해주고 싶어 하는 나의 소망으로 착각
했다. 그녀는 자신의 계략이 적중했다고 속으로 좋아하고
있었다. 그러면서도 때로는 내가 아무런 불안의 기색을 보
이지 않는 것에 걱정하기도 했다. 겉으로 보면 그녀를 내게
서 앗아갈 위험이 있을 법한 관계에 대해서조차 내가 심드
렁하게 반응하는 것을 그녀는 비난했다. 나는 그녀의 비난
을 늘 농담처럼 받아넘겼지만, 언제나 그런 식으로 그녀를
달랠 수도 없는 노릇이었다. 그녀의 본색이 그녀가 그동안
써온 가면을 뚫고 나타났다. 말다툼이 또다시 벌어졌고, 전
보다 더욱 격렬했다. 엘레노르는 자신의 잘못을 내 탓으로
돌리면서, 한마디만 얘기해주었더라도 완전히 나에게 되돌
아올 수 있었을 것이라고 말했다. 그래도 내가 입을 다물고
대답하지 않으면 그녀는 화를 내고 또다시 남자들에게 미친

듯이 교태를 부리곤 했다.

사람들이 나더러 유약하다고 비난하는 것은 무엇보다 이런 점에 연유한다는 것을 나는 알고 있었다. 나는 자유의 몸이 되고 싶었고, 남들한테도 그런 상태에 놓여 있음을 인정받고 싶었다. 엘레노르의 행동은 나에게 그것을 허용하고 있었고, 강요하는 것처럼 보이기까지 했다. 하지만 그녀의 행동이 사실은 내 탓이라는 것을 나는 알고 있지 않았던가. 엘레노르가 마음속으로는 여전히 나를 사랑하고 있다는 것을 알고 있지 않았던가. 나 자신이 그녀로 하여금 분별없는 짓을 저지르게 만들어놓고서 어찌 그녀를 타박할 수 있으며, 그처럼 경솔한 짓을 했다고 해서 그녀를 버리기 위한 구실을 찾을 수 있단 말인가!

물론 나는 변명하고 싶은 생각이 없다. 어쩌면 다른 사람이 내 입장에서 나를 꾸짖는 것보다 더 엄하게 나 자신을 꾸짖고 있을지 모른다. 그러나 적어도 나는 여기서 엄숙히 증언할 수 있다. 나는 결코 타산을 앞세워 행동한 적이 없으며 언제나 진실하고 자연스러운 감정에 이끌려왔다고. 이런 감정을 지니고 있으면서도 그렇게 오랫동안 나와 타인들에게 불행만 안겨준 것은 도대체 어찌 된 까닭일까.

그러나 사람들은 놀란 눈으로 나를 주시하고 있었다. 내가 엘레노르의 집에 머무르고 있는 것은 그녀에게 열렬한 애정을 갖고 있기 때문이라고밖에 설명할 수 없는데, 그녀가 언제나 당장이라도 다른 남자와 관계를 맺을 듯이 구는 데도 내가 무관심한 것은 그런 열렬한 애정과는 모순되었기 때문이다. 사람들은 나의 이해할 수 없는 관대함에 대해 생활 방침이 경박하고 윤리 도덕에 무신경하기 때문이라고 공박하면서, 그것은 사교계에서 타락한, 철저히 이기적인 인간임을 보여주는 증거라고 떠들어댔다. 이런 억측은 그것을 받아들이는 사람들의 생각과 일치했던 만큼 그 인상을 심어주기가 한결 쉬웠고, 그 때문에 입에서 입으로 전달되어 널리 퍼져갔다. 소문은 마침내 내 귀에까지 전해져왔다. 나는 이 생각지도 못했던 사실에 분개했다. 오랫동안 헌신하고 희생한 대가로 이런 터무니없는 오해와 중상을 받게 된 것이다. 나는 그동안 한 여자를 위해 온갖 이해와 즐거움도 물리쳐왔는데 사람들로부터 비난의 대상으로 바뀌어 있었던 것이다.

나는 엘레노르에게 내가 받고 있는 수모를 따졌다. 그러자 그녀는 애초부터 개인적 흥미도 없이, 다만 나에게 질투심을 자극하기 위해 불러들인 숭배자들을 물리쳐 보냈다. 그녀는 자신의 교제 범위를 몇몇 부인과 노인으로 제한했다. 우리 주변의 모든 것이 예전의 규칙적인 상태로 돌아왔다. 하지만 우리 두 사람은 그 때문에 더욱 불행할 따름이었다. 엘레노르는 새로운 권한이나 얻은 것처럼 생각했고, 나는 새로운 속박을 느끼고 있었다.

이처럼 복잡해진 관계 속에서 얼마나 많은 고난과 분노가 생겨났는지, 나는 도저히 말로 표현할 수가 없다. 우리의 생활은 이제 끊임없이 몰아치는 폭풍우나 다름없었다. 친밀했던 감정은 그 매력을 잃고, 사랑은 그 환희를 잃어버렸다. 불치의 상처도 한동안은 잠잠해 보이는 소강상태가 있건만, 우리 두 사람 사이에는 그런 일시적인 회복기조차 존재하지 않았다. 진실은 도처에서 얼굴을 내밀었고, 나는 내 기분을 알리기 위해 가장 냉담하고 가장 무자비한 표현을 동원했다. 엘레노르가 눈물을 흘릴 때까지 그만두지 않았다. 그러나 이 눈물마저 그저 뜨거운 용암 같은 것에 불과해서, 내 심장에 한 방울씩 떨어져 나로 하여금 비명을 지르게는 했을망정 내 말을 취소한다는 한마디조차 내 입에서 끌어내지 못했다. 그녀가 핼쑥해진 얼굴로 벌떡 일어섰다. 그러고는 마치 예언자처럼 외쳤다.

"아돌프! 당신은 나에게 준 고통을 모르세요. 하지만 언젠가는 알겠죠. 나를 무덤 속에 떨어뜨려버린 그때, 스스로 그걸 알게 될 거예요."

불행한 자여, 그녀가 이렇게 말했을 때, 왜 그녀보다 먼저 무덤에 뛰어들지 못했던가!

제9장

T 남작을 처음 방문한 이후 다시는 그의 집으로 발길을 돌리지 않았다. 그런데 어느 날 아침 남작한테서 다음과 같은 쪽지가 왔다.

자네한테 이런저런 의견을 말하기는 했지만, 그것 때문에 이렇게까지 오랫동안 격조할 필요는 없네. 자네가 어떤 결심을 했든, 자네는 내 가장 절친한 친구의 아들이며, 예나 지금이나 자네와의 만남을 기쁨으로 여기고 있네. 이곳에 모임이 하나 있는데, 이 모임에 자네를 소개시킬 수 있다면 나에게 큰 기쁨이 될 걸세. 한마디만 굳이 덧붙이자면, 나는 지금 자네의 생활을 시비할 생각이 추호도 없지만, 그 생활에는 역시 색다른 점이 있는 만큼 차라리 사교계에 출입해서 그 근거 없는 편견을 해소시키는 것이 중요하지 않을까 싶네.

나이도 많은 분이 이렇듯 신경을 써주는 게 고마웠다.

나는 남작의 집을 찾아갔다. 엘레노르 이야기는 전혀 나오지 않았다. 남작은 저녁을 먹고 가라고 나를 붙잡았다. 그날은 제법 재치도 있고 붙임성도 좋은 손님이 몇 명 있을 뿐이었다. 처음에는 거북했지만 나는 애써 견뎌냈다. 점차 생기가 오르고, 그래서 나는 조금씩 말문을 열었다. 내 재치와 지식을 최대한 발휘하려고 애썼다. 나는 그들의 공감과 찬탄을 얻는 데 성공했다. 이런 성공에서 나는 오랫동안 맛보지 못했던 자존심의 만족을 다시금 느꼈다. 이 기쁨 때문에 T 남작의 모임은 나에게 더욱 유쾌한 것이 되었다.

남작의 집으로 향하는 나의 발길이 잦아졌다. 남작은 자기가 맡고 있는 업무 중에서 나한테 맡겨도 지장이 없으리라 생각되는 일거리를 몇 가지 부탁해왔다.

내 생활이 돌변하자, 처음엔 엘레노르도 놀라는 눈치였다. 하지만 나는 아버지에 대한 남작의 우정과, 내가 유익한 일에 종사함으로써 쓸쓸하게 지내고 계실 아버지에게 다소나마 위안을 드릴 수 있는 기쁨을 이야기했다. 나는 지금 이 글을 쓰면서 회한의 감정을 느끼는 바이지만, 가엾게도 엘레노르는 내가 전보다 생활이 안정돼 보이는 것을 기뻐하면서, 이따금 나와 떨어져 지내는 하루의 대부분을 아무런 불평도 없이 달게 받아들였다.

남작은 나와의 사이에 어느 정도 신뢰감이 통하게 되자 엘레노르에 관한 이야기를 다시 꺼냈다. 나도 진심으로는 언제나 그녀를 변호하고 좋게 말하려고 했지만, 자신도 모르게 한층 더 상스러운 말투로 아무렇게나 그녀에 대한 감정을 털어놓고 있었다. 어떤 때는 일반적인 격언을 빌려 그녀와 헤어져야 할 필요성을 나 자신도 인정하고 있다는 뜻을 나타냈고, 또 어떤 때는 농담을 빌려 웃으면서 여성에 관해, 그리고 여자와의 관계를 끊기가 어렵다는 점을 불평하기도 했다. 이런 이야기는, 지금은 나이가 들어 별다른 감정을 가지고 있지 않지만 젊은 시절에는 연애 문제로 꽤나 시달림을 받았던 경험을 어렴풋이나마 기억하고 있는 노老 공사를 즐겁게 해주었다. 그처럼 나는 하나의 감정을 숨긴 채 어느 정도 사람들을 속이고 있었다. 우선 나는 엘레노르를 속이고 있었다. 남작이 나를 그녀한테서 떼어놓으려 하는 것을 알면서도 이런 사실을 숨기고 있었기 때문이다. 그리고 나는 T 남작을 속이고 있었다. 왜냐하면 그에게는 당장이라도 엘레노르와의 관계를 끊을 것처럼 보였기 때문이다. 이처럼 표리부동한 태도는 본디 타고난 내 성격과 거리가 먼 것이었다. 그러나 사람은 하나의 감정이라도 숨기게 되면 늘 다른 사람을 속이게 되고, 이런 것을 스스로 알면서 타락하게 되는 것이다.

그때까지 내가 T 남작의 집에서 알게 된 사람은 고작해야 남작과 특별한 관계를 맺고 있는 몇몇 남자들뿐이었다. 하루는 남작이 말했다. 그가 모시고 있는 장관 생일을 축하하기 위해 자기가 베푼 연회에 나도 참석하라는 것이었다.

"거기에 참석하면 폴란드 최고의 미인들을 만나게 될 걸세. 물론 자네가 사랑하는 사람을 볼 수는 없겠지. 딱하긴 하지만 집에서가 아니면 만날 수 없는 여자도 있으니까 말일세."

나는 이 말에 가슴이 따끔했다. 나는 아무 말도 하지 않았다. 그러나 속으로는 엘레노르를 변호하지 못한 나 자신을 꾸짖고 있었다. 만약에 그녀의 면전에서 누군가가 나를 헐뜯었다면, 그녀는 얼마나 열성적으로 나를 변호해주었을 것인가.

연회에는 많은 사람이 모여 있었다. 그들은 모두 나를 유심히 바라보았다. 내 주위에서 아버지 이름, 엘레노르의 이름, P 백작의 이름을 수군거리는 소리가 들렸다. 내가 가까이 다가가면 그들은 말을 끊었다가 내가 멀어지면 다시 입을 열었다. 모두가 나에 관해서, 그것도 제멋대로 상상하고 지어낸 이야기를 나누고 있음이 분명했다. 나는 정말이지 난처한 입장에 빠져 있었다. 이마엔 진땀이 흥건했다. 얼굴은 분노와 부끄러움으로 붉으락푸르락하고 있었다.

남작은 나의 난감한 처지를 눈치챈 모양이었다. 그는 내가 있는 쪽으로 다가와서 친절한 태도로 나에 대한 찬사를 늘어놓았다. 이렇게 남작이 나에게 경의를 보여주는 태도는 곧 다른 사람들의 마음에도 파급되어, 마침내 그들도 나에게 똑같은 경의를 표하게 되었다.

사람들이 모두 떠나가자 남작은 나지막한 소리로 입을 열었다.

"한 번만 더 흉금을 터놓고 이야기를 나누고 싶네. 스스로 괴로워하면서도 그런 생활을 벗어나지 못하는 이유가 무엇인가? 자네는 도대체 누구를 위해 그렇게 애쓰고 있나? 자네와 엘레노르의 관계를 남들이 모르는 줄 아나? 자네와 엘레노르가 서로 불만을 품고 사이가 서먹서먹하다는 것은 모르는 사람이 없네. 자네는 약한 마음 때문에 괴로움을 겪고 있지만, 자네의 외고집 때문에도 자신에게 상처를 주고 있어. 게다가 자네는 그토록 불행을 견디고 있으면서, 그렇다고 그녀를 행복하게 해주지도 못하고 있으니, 그거야말로 모순이 아닌가 말일세."

나는 조금 전에 겪은 불편함으로 아직도 마음이 상해 있었다. 그런 터에 남작이 아버지한테서 받은 편지 한 통을 보여주었다. 그 편지에는 내가 짐작하고 있던 것보다 훨씬 통절한 슬픔이 드러나 있었다. 내 마음은 흔들리고 있었다. 엘레노르가 겪는 고통을 내가 연장시키고 있다는 생각이 들자 나는 더욱 갈피를 잡을 수가 없었다. 하지만 마침내 마치 모든 것이 그녀에게 반대하여 힘을 합치기라도 한 것처럼, 내가 망설이고 있는 동안 그녀 자신이 지나친 태도를 보임으로써 오히려 내 결심을 재촉하게 만들었다.

그날 나는 온종일 집에 들어가지 않았다. 남작은 연회가 파하고 사람들이 다 돌아간 뒤에도 나를 집에 붙잡아두었다. 밤이 깊었고, 엘레노르가 보냈다는 쪽지 하나가 T 남작의 면전에서 나에게 전해졌다. 나는 남작의 눈빛에서, 내가 노예처럼 엘레노르에게 속박되어 있음을 불쌍히 여기는 기색을 읽었다. 엘레노르의 편지에는 엄격함이 잔뜩 담겨 있었다.

'뭐야! 난 단 하루도 자유롭게 보낼 수 없단 말인가. 그래, 단 한 시간도 차분하게 숨 쉴 수 없단 말인가. 늘 곁에 두지 않으면 안 되는 노예처럼 어디까지나 나를 쫓아다니는군.'

나는 속으로 신음했다. 그렇게 내 약함을 느끼면 느낄수록 더욱 거칠어져서, 나는 남작을 향해 소리를 질렀다.

"좋습니다. 약속하겠습니다. 엘레노르와 헤어지겠다고 약속하지요. 사흘 안으로 그녀와 손을 끊겠습니다. 제 입으로 분명히 그 여자한테 말하겠습니다. 제 아버지한테 미리 알리셔도 좋습니다."

이렇게 말하고는 서둘러 남작의 집을 나왔다. 나는 방금 전에 내뱉은 말에 짓눌려, 내가 제의한 약속조차 거의 믿을 수 없는 지경이었다.

엘레노르는 초조하게 나를 기다리고 있었다. 야릇한 우연으로, 내가 집에 없는 동안 엘레노르는 T 남작이 나를 그녀한테서 떼어놓으려 애쓰고 있다는 말을 전해 들었다. 내가 남작에게 털어놓은 이야기며 지껄인 농담까지도 그녀에게 보고되어 있었다. 그녀는 의혹의 눈을 치켜뜨고, 그 의혹을 확인하려는 듯한 태도로 나를 맞이할 준비를 갖추고 있었다. 예전에 일면식도 없던 남자와 갑자기 교제를 시작한 것, 그 남자와 내 아버지가 친한 사이라는 것이 그녀에게는 부인할 수 없는 증거로 여겨졌다. 그녀의 불안은 불과 몇 시간 동안 크게 부풀어 올라, 그녀는 이제 내가 배신하리라는 점을 조금도 의심하지 않고 있었다.

나는 모든 것을 털어놓기로 마음먹고 그녀 곁으로 갔다. 그런데 막상 그녀가 비난을 가하자 나는 변명하는 데에만 급급했다. 심지어 나는 그녀의 추궁을 부인하기까지 했다. 그렇다. 내일은 결별을 선언하리라 결심했던 일을 나는 부인하고 만 것이다.

밤이 깊었다. 나는 그녀의 처소를 떠나 내 방으로 돌아왔다. 그 긴 하루를 끝내기 위해 나는 서둘러 잠자리에 들었다. 드디어 하루가 끝났구나 하는 생각에 잠시나마 무거운 짐에서 해방된 기분이 들었다.

이튿날은 점심때가 다 되어서야 겨우 잠자리에서 일어났다. 엘레노르와 만나는 시간을 늦추면 그만큼 그 운명의 순간을 늦출 수 있기라도 한 것처럼.

엘레노르는 그녀 자신도 반성한 데다 전날 내가 늘어놓은 변명도 있고 해서 밤새 안정을 되찾은 듯했다. 그녀는 자신이 펼칠 사업 등에 대해 신념에 찬 태도로 이야기했다. 그 태도에는 우리 사이를 도저히 끊을 수 없는 인연으로 여기고 있다는 것이 너무나 분명히 드러나 있었다. 그런데 그녀를 다시 고독과 고뇌의 수렁으로 떠미는 말을 어떻게 꺼낸단 말인가!

시간은 어김없이, 무서울 만큼 빨리 지나갔다. 말을 꺼내야 할 순간이 시시각각 다가오고 있었다. 스스로 기한을 정한 사흘 가운데 벌써 이틀이 지나고 있었다. 늦어도 모레까지는 T 남작한테 가야 한다. 남작이 아버지한테 보내는 편지는 이미 발송되었을 것이다. 그런데도 나는 약속을 이행하기 위한 노력을 조금도 못 한 채, 어쩌면 그 약속을 어기려 하고 있었다. 나는 외출했다가 돌아와서, 엘레노르의 손을 잡고 겨우 한마디 꺼내고는 곧 멈춰버렸다. 나는 지평선 너머로 기우는 태양의 긴 발자국을 바라보고 있었다. 밤이 찾아왔다. 나는 또 하루를 연기했다. 이제 하루밖에 남지 않았다. 하기야 이야기는 한 시간이면 족하다.

남아 있던 그 하루도 전날과 똑같이 지나가버렸다. 나는 좀더 여유를 얻기 위해 T 남작에게 편지를 썼다. 마음 약한 사람들이 대개 그러하듯 나는 온갖 핑계를 대며 약속이 늦어지는 것을 변명하고, 그러나 이미 다짐한 결심에는 조금도 변화가 없으며, 지금이라도 나와 엘레노르의 관계는 영원히 끝난 것이라 생각해도 좋다는 뜻을 전했다.

제10장

그 후 며칠은 이제까지보다 훨씬 차분하게 지나갔다. 계획을 행동에 옮겨야 할 필요성은 모호한 기분 속에 내던져져 있었다. 그것은 이제 더 이상 유령처럼 나를 괴롭히지 않았다. 나는 엘레노르에게도 마음의 준비를 갖출 시간이 필요하리라 생각했다. 적어도 나는 애정의 추억을 간직하기 위해서 그녀를 좀더 상냥하고 친절하게 대해주고 싶었다.

나의 심란한 기분은 내가 지금까지 경험한 것과는 전혀 다른 것이었다. 이전의 나는 엘레노르와 나 사이에 넘기 어려운 장벽이 세워지기를 하늘에 빌었다. 이제 그 장벽이 생겼다. 나는 이제 곧 잃게 될 보물을 바라보듯 엘레노르의 모습에 뚫어지게 눈길을 쏟았다. 지금까지는 그렇게 견디기 어려운 것으로 여겨지던 그녀의 집요한 요구도 이제는 두렵지 않았다. 벌써부터 거기에서 해방된 듯한 느낌이 들었다. 그녀에게 양보하면 할수록 나는 더욱 자유스러워진 기분이었다. 과거에는 주변 사람들에게 끊임없이 상처를 주었던 내 마음의 격동도 이제 나는 느끼지 않았다. 내 마음속에는 초조한 기분이 사라지고, 오히려 불행한 순간을 조금이라도 늦추고 싶다는 욕심이 은근히 채워 들었다.

엘레노르는 나의 태도가 전보다 더 상냥하고 다정해진 것을 깨닫고, 그녀 자신도 이전보다 더 다감한 태도로 나를 대해주었다. 우리는 피해오던 대화를 다시 나누게 되었고, 전에는 귀찮았으나 이제는 소중해진 그녀의 사랑을 나는 마지막일지 모른다는 생각으로 즐기고 있었다.

어느 날 저녁, 우리는 여느 때보다 더 즐거운 대화를 나누고 헤어졌다. 나는 가슴에 감추어둔 비밀 때문에 슬펐다. 그러나 그 슬픔에는 아무런 힘이 없었다. 내가 바라고 있는 작별은 시기가 아직은 확정되어 있지 않아서, 다만 작별해야 하리라는 생각만 막연하게 품은 채 지내고 있었다.

그날 밤 성관에서 심상치 않은 소리가 들려왔다. 그러나 그 소리는 곧 그쳤기 때문에 나는 별로 중요하게 여기지 않았다. 그런데 아침이 되자 어젯밤 일이 문득 생각나서 그 연유를 알아보려고 엘레노르의 방으로 걸어갔다. 하인의 이야기를 들었을 때 나는 얼마나 놀랐는지 모른다. 엘레노르가 벌써 열두 시간 전부터 고열에 시달렸으며, 하인들이 불러온 의사의 말에 따르면 생명이 위험하다는 것이다. 그런데도 엘레노르는 이런 사실을 나한테 알리지 말고, 나를 방에 들여보내지도 말라고 엄명을 내렸다는 것이다.

나는 억지로라도 그녀의 방에 들어가려고 했다. 그러자

의사가 직접 나와서, 그녀에겐 지금 절대 안정이 필요하다고 설명했다. 그녀가 나의 입실을 금지시킨 이유를 알 턱이 없는 의사는 오히려 내가 걱정할까 봐 나의 행동을 저지했던 것이다. 나는 가슴이 옥죄는 듯한 기분을 느끼며, 그녀가 무엇 때문에 그처럼 위험한 지경에 빠지게 되었는지를 하인들에게 물어보았다.

전날 밤 나와 헤어진 뒤 그녀는 바르샤바에서 말을 타고 달려온 사람으로부터 편지 한 통을 전해 받았다. 그 편지를 뜯어 보더니 그만 기절해버렸다. 잠시 후 정신을 차린 그녀는 한마디도 하지 않고 침대에 몸을 던졌다. 그녀의 상태를 보고 걱정이 된 몸종 하나가 몰래 방에 남아 있었다. 하녀는 한밤중에 엘레노르의 침대가 몹시 흔들리는 것을 보았다. 그래서 나를 부르려고 했지만 엘레노르가 질겁한 표정으로 반대했기 때문에 감히 어길 수가 없었다. 하인이 의사를 부르러 갔다. 엘레노르는 의사의 진찰을 거부했고, 아직도 그런 상태였다. 그녀는 종잡을 수 없는 말을 더듬거렸고, 이따금 손수건을 입에 대고 터져 나오는 신음을 억제하면서 하룻밤을 지새운 것이다.

내가 이처럼 그간의 경황을 듣고 있는데, 엘레노르 곁에 붙어 있던 다른 하녀가 겁먹은 얼굴로 달려 나왔다. 엘레노르가 다시 의식을 잃었다는 것이다. 주위에 있는 사물들도 분간하지 못하고, 이따금 큰 소리로 내 이름을 되풀이해 외치고는 다시 공포에 사로잡힌 것처럼 무언가 불쾌한 것을 쫓아내달라는 듯이 허공에다 대고 헛손질을 하곤 한다는 것이다.

　나는 엘레노르의 방으로 들어갔다. 침대 머리에 두 통의 편지가 떨어져 있었다. 하나는 내가 T 남작에게 보낸 것이고, 또 하나는 남작이 엘레노르에게 보낸 것이었다. 비로소 나는 이 무서운 수수께끼의 열쇠를 알 수 있었다. 이 불행한 여자를 위해 최후의 작별에 바칠 기회를 잡으려고 온갖 노력을 다해왔건만 도리어 화를 불러들이는 결과를 낳고 말았던 것이다. 엘레노르는 그녀를 버리겠다고 약속한 내 자필 편지를 읽었다. 그 편지는 사실 그녀 옆에 좀더 오래 머물러 있고 싶은 마음에서 쓴 것이고, 그 마음이 너무나 간절했기 때문에 일부러 그녀를 버리겠다는 약속을 덧붙였던 것이다. T 남작의 냉정한 눈은 한 줄 한 줄마다 되풀이된 나의 맹세 속에서 내가 감추고 있는 망설임과 의지박약한 구석을 쉽사리 간파했다. 그러나 냉혹한 남작은, 이런 맹세도 엘레노르에게는 취소하기 어려운 판결로 보일 거라는 것을 충분히 계산하고 있었다.

　나는 그녀에게 다가갔다. 그녀는 나를 바라보고는 있었으나, 내가 누군지 알아보지 못했다. 나는 말을 건넸다. 그러자 그녀는 몸서리치며 외쳤다.

　"아니, 이게 무슨 소리지? 아, 이건 나를 괴롭히던 목소리야!"

의사는 내가 곁에 있으면 그녀의 헛소리가 심해지는 것을
보고 나에게 나가달라고 말했다. 그 기나긴 세 시간 동안 내
가 느낀 것을 어떻게 표현할 수 있을까. 마침내 의사가 방에
서 나왔다. 엘레노르는 깊은 잠에 떨어졌는데, 잠에서 깨어
날 때 열만 좀 가라앉으면 살아날 가망이 있다는 것이다.

엘레노르는 오랫동안 깨어날 줄 몰랐다. 이윽고 그녀가
눈을 떴다는 소리를 듣고, 제발 만나게 해달라는 부탁을 안
으로 보냈더니, 들어오라는 전갈이 왔다. 내가 뭐라고 말을
꺼내려고 하자 그녀는 내 말을 가로막았다.

"아무 말도 하지 마세요. 잔인한 말을 더 이상 듣고 싶지
않아요. 이제는 더 이상 애원하지도 않겠고, 무슨 일이건 반
대하지도 않을 거예요. 내가 그렇게 좋아했던 목소리, 내 마
음 깊은 곳까지 울려 퍼지던 목소리이지만, 그 목소리가 내
가슴에 들어와 마음을 갈기갈기 찢어놓지 않도록 해주세요.
아돌프, 아돌프, 내가 당신에게 너무 심하게 굴었나 봐요.
당신은 나 때문에 화가 나셨지요. 하지만 내가 얼마나 괴로
워했는지 아세요? 당신은 모르실 거예요. 아무쪼록 언제까
지나 모른 채 지내도록 하세요."

그녀의 흥분이 심해졌다. 그녀는 내 손 위에 이마를 얹어
놓았다. 이마가 타는 듯이 뜨거웠다. 무서운 경련이 그녀의
얼굴을 일그러뜨렸다.

"제발" 하고 나는 외쳤다. "사랑하는 엘레노르, 내 말을 들어줘요. 그래요. 내가 잘못했어요. 이 편지는……"

그녀는 몸을 떨면서 내게서 떨어지려고 했다. 나는 그녀를 붙잡고 말을 계속했다.

"마음이 약하고 괴로운 나머지, 무자비한 강요에 순간적으로 굴복했었는지 몰라요. 하지만 우리 두 사람을 떼어놓는 것은 무엇이든 내가 바랄 리가 없다는 증거를 당신은 얼마든지 갖고 있잖아요. 나는 불만스러웠고, 불행하다는 느낌에 사로잡혀 있었어요. 어쩌면 당신은 지독한 상상과 격렬하게 싸움을 했기 때문에 내가 한때나마 딴마음을 먹도록 부추겼을지 몰라요. 내가 변덕을 부리다니, 그래요, 나는 지금 나 자신을 경멸하고 있어요. 하지만 당신도 나의 깊은 애정을 의심할 수 있나요? 우리의 영혼은 무엇으로도 끊을 수 없는 무수한 연줄로 단단히 묶여 있지 않나요? 온갖 과거를 우리는 함께 겪어오지 않았던가요? 함께 나누어온 인상들, 둘이서 맛본 쾌락들, 함께 견뎌온 고통들, 이런 것들을 회상하지 않고 어떻게 지난 3년 세월을 바라볼 수 있단 말인가요? 엘레노르, 오늘을 새로운 시작으로 삼읍시다. 행복과 사랑으로 넘치던 시간을 다시 불러들입시다."

그녀는 믿을 수 없다는 얼굴로 한참 동안 나를 바라보았다. 그러다가 힘겹게 입을 열었다.

"당신의 아버님, 당신의 의무, 당신의 가족, 당신의 장래,

이런 것들은 어떡하고요?"

"아마 언젠가 한 번은……"

그녀는 내가 망설이고 있음을 알아차렸다.

"아아, 하느님, 당장 빼앗아갈 것이면서 어쩌자고 저한테 희망을 주셨습니까? 아돌프, 당신이 그동안 애써준 것에 감사하고 있어요. 그것은 나한테 많은 도움이 되었어요. 당신이 아무런 희생도 치르지 않고 그럴 수 있었다고 생각하면 더욱 그래요. 하지만 제발 부탁인데, 앞날의 이야기는 하지 마세요. 앞으로 무슨 일이 일어나든 자신을 책망하지는 마세요. 당신은 나에게 너무 좋은 사람이었어요. 나는 불가능한 일을 바라고 있었어요. 내게는 사랑이 인생의 전부였지만, 당신 인생의 전부가 될 수는 없는 일이지요. 이제 며칠만 더 나를 돌봐주세요."

그녀의 두 눈에서 눈물이 넘쳐흘렀다. 호흡은 별로 가쁜 것 같지 않았다. 그녀는 내 어깨에 머리를 기댔다.

"이렇게…… 나는 언제나 이렇게 죽고 싶었어요."

나는 그녀를 가슴으로 부둥켜안았다. 나는 또다시 내 계획을 포기하겠다고 맹세하고, 잔인할 만큼 광적이었던 분노는 내 본심이 아니었다고 말했다.

"아니에요. 당신은 이제 자유로운 몸이 되고, 만족하게 될 거예요."

"당신을 불행하게 해놓고 내가 어찌 만족할 수 있단 말입니까?"

"내 불행도 그리 오래가지 않을 거예요. 당신이 나를 가엾게 여기는 것도 그리 오래가지 않을 거예요."

나는 두려움에 떨면서 이 모든 것이 꿈이기를 소망했다.

"아네요, 아니에요, 아돌프. 오랫동안 죽음을 간절히 바라고 있으면, 하느님도 어떤 예감을 주셔서 우리의 소원을 들어주시는 법이에요."

나는 절대로 그녀 곁을 떠나지 않겠다고 맹세를 되풀이했다.

"언제나 그것을 희망해왔어요. 이번엔 틀림없겠지요."

태양도 지금은 대지를 덥히기를 그만두고 그저 연민의 눈으로 대지를 내려다보고 있는 것 같았다. 잿빛으로 칙칙해진 들판을 쓸쓸히 비추고 있을 뿐인 겨울의 한낮이었다. 엘레노르가 밖으로 나가고 싶다고 말했다.

"밖은 너무 추워요."

"괜찮아요. 당신과 함께 거닐고 싶어요."

그녀는 내 팔을 붙들었다. 우리는 말없이 오랫동안 거닐었다. 그녀는 간신히 걸음을 옮기면서 온몸을 나에게 기대고 있었다.

"잠깐만 쉽시다."

"아니에요. 아직도 당신에게 몸을 기대고 있다고 생각하면 기뻐요."

우리는 다시 깊은 침묵 속에 잠겨 들었다. 하늘은 끝없이 맑았다. 나무에 나뭇잎들은 거의 다 떨어져 있었다. 대기를 흔드는 바람 한 점 없었고, 하늘을 나는 새 한 마리 보이지 않았다. 움직이는 거라곤 하나도 없었고, 들리는 것은 얼어붙은 풀잎이 발아래서 부서지는 소리뿐이었다.

"어쩌면 이렇게 조용할 수 있을까요." 엘레노르가 말했다. "자연은 얼마나 많은 것을 포기하는지 몰라요. 사람의 마음도 그렇게 포기할 줄 알아야 하는데……"

그녀는 바위에 걸터앉았다. 갑자기 무릎을 꿇더니 고개를 숙여 두 손으로 얼굴을 받쳤다. 낮은 목소리로 몇 마디 중얼거리는 소리가 들렸다. 뭔가를 기도하고 있었다. 마침내 그녀는 몸을 일으켜 세웠다.

"자, 돌아가요. 날이 너무 춥군요. 기분이 나빠질까 두려워요. 아무 말도 하지 마세요. 들을 기운도 없으니까요."

이날부터 엘레노르는 눈에 띄게 쇠약해졌다. 나는 백방으로 손을 써서 의사를 불렀다. 어떤 의사는 불치병이라고 말했고, 또 어떤 의사는 헛된 희망으로 나를 위로해주었다. 그러나 자연은 어두운 침묵 속에서 보이지 않는 팔로 그 무자비한 작업을 계속 수행하고 있었다. 때로는 엘레노르가 기력을 되찾은 것처럼 보이기도 했다. 그녀를 내리누르고 있는 강철 같은 손이 물러갔나 싶은 경우도 있었다. 그럴 때면 그녀는 초췌해진 얼굴을 들었다. 뺨에는 약간 생기가 돌고 두 눈은 활기를 띠고 있는 듯이 보였다. 그러다가도 갑자기 알 수 없는 힘의 잔인한 작용으로 말미암아 이 소강상태도 사라져버리고, 그 원인은 의술로도 알아내지 못했다.

나는 그녀가 이렇게 파국을 향해 한 발짝씩 다가가는 것을 지켜보고 있었다. 그토록 고상하고 그토록 아름다운 얼굴에 죽음의 징후가 새겨지는 것을 보았다. 그 힘차고 오만한 성격이 육체에 파고드는 고통 때문에 걷잡을 수 없이 뒤틀린 인상으로 바뀌는 것을, 그 처참하고 비통한 광경을 나는 이 눈으로 똑똑히 보았다. 그것은 마치 육신 때문에 상처입은 영혼이 별다른 고통 없이 여러 기관의 손상에 순응하기 위해 제 스스로 탈바꿈하는 것처럼 보였다.

엘레노르의 마음속에서 변하지 않은 감정은 단 하나, 나에 대한 애정이었다. 몸이 극도로 쇠약해진 탓에 그녀는 아무 말도 못 하고 있었으나, 그녀의 시선은 항상 나를 향하고 있었다. 말없이 나를 물끄러미 바라보고 있는 그녀의 모습은 마치 나도 어쩔 수 없는 생명을 나에게 요구하고 있는 것처럼 느껴졌다. 나는 혹시라도 그녀에게 심한 마음의 동요를 일으킬까 두려워, 이런저런 구실을 붙여 밖으로 나왔다. 나는 그녀와 함께 갔던 장소를 이곳저곳 찾아가서, 그녀와의 추억을 되살려주는 풀포기와 바위, 나무줄기 따위를 눈물로 적시곤 했다.

그것은 사랑의 회한이 아니라 그보다도 더 어둡고 슬픈

감정이었다. 사랑이란 그 대상과 깊이 동화되는 것인 만큼, 절망 속에서조차 일말의 즐거움이 남아 있게 마련이다. 사랑은 현실과 싸우고 운명과 싸운다. 그 욕망이 격렬하기 때문에 사랑은 자신의 힘을 착각하고, 고뇌 속에서도 자신을 드높인다. 그러나 내 사랑은 어둡고 외로운 것이었다. 나는 엘레노르와 함께 죽고 싶은 마음이 없었다. 여러 번이나 자유롭게 나 혼자서 건너가려고 마음먹었던 이 사회라는 사막에서 나는 장차 그녀 없이 살아가려고 했었다. 나는 나를 사랑해온 여자에게 상처를 주었다. 끝없는 사랑으로 나에게 모든 것을 바쳐온 마음, 내 마음의 반려인 그 마음에 나는 상처를 주었다. 어느새 외로움이 나를 휘감고 있었다. 엘레노르는 아직도 살아 숨 쉬고 있는데, 나는 이미 그녀에게 내 생각을 더 이상 털어놓을 수 없었다. 나는 이미 이 세상에서 혼자였다. 나는 이제 그녀가 내 주위에 뿌려준 사랑의 분위기 속에서 살고 있지 않았다. 내가 숨 쉬는 공기는 점점 괴롭게 느껴졌고, 내가 만나는 사람들마다 더욱 냉담하게 느껴졌다. 눈에 보이는 모든 자연물은 나에게, 너는 영원히 사랑받을 수 없을 거라고 말하는 것 같았다.

엘레노르의 위험은 졸지에 더욱 절박한 상태로 접어들었다. 누가 보아도 알 수 있는 징후가 그녀의 임종을 예견케 했다. 그녀가 믿는 종파의 신부가 그녀에게 임종이 다가왔음을 알려주었다. 그녀는 많은 서류가 들어 있는 작은 문갑 하나를 갖다달라고 나에게 부탁했다. 그녀는 자신이 보는 앞에서 몇몇 서류를 태우게 했다. 그러나 자기가 찾는 서류가 보이지 않자 극도의 불안에 휩싸였다. 그 서류를 찾느라 애가 탄 나머지 두 번씩이나 정신을 잃을 정도였다. 그래서 나는 제발 그만두라고 말했다.

"알았어요. 그만둘게요. 하지만 사랑하는 아돌프, 부탁이 하나 있는데 들어주셔야 해요. 어딘지는 모르지만 내가 챙겨둔 서류 속에 당신에게 쓴 편지가 한 통 들어 있어요. 그걸 꼭 찾아주세요. 나중에라도 찾게 되면, 부디 읽지 말고 태워버리세요. 우리가 그동안 나누었던 사랑의 이름으로, 당신이 보살펴준 이 마지막 순간의 이름으로 당신에게 부탁할게요."

나는 그렇게 하겠다고 약속했다. 그녀는 안심하는 얼굴을 했다.

"자, 그러면 신앙의 의무를 다하도록 해주세요. 나는 속죄해야 할 일이 너무도 많은 여자예요. 당신을 사랑한 것도 아마 과오의 하나였을 테지요. 하지만 그 사랑이 당신을 행복하게 해줄 수 있었다면 그렇게 생각하지는 않았을 거예요."

나는 그녀의 방을 나왔다. 한참 지나서 다시 들어간 것은 그녀의 최후를 위한 엄숙한 예배에 하인들과 함께 참례하기 위해서였다. 나는 그녀의 방 한구석에 무릎을 꿇고 앉아서, 어떤 순간은 명상에 잠기고, 또 어떤 순간에는 무의식적인 호기심으로 거기에 모여 있는 사람들을 바라보기도 했다. 어떤 사람은 두려워하는 태도를 보였고, 또 어떤 사람은 방심한 모습이었다. 그곳에서는 가장 엄숙하고 두려운 의식조차 관례적이고 단순한 형식으로 여기게 만드는 관습의 힘을 찾아볼 수 있었다. 나는 그들이 그저 기계적으로 애도의 기도문을 읊조리는 것을 들었다. 마치 그들은 언젠가는 그들 역시 이런 무대에 배우로 서지 않으면 안 된다는 것을, 또 언젠가는 그들 역시 죽지 않으면 안 된다는 것을 잊고 있는 듯했다. 그렇다고 나는 이런 종교의식을 멸시하려는 생각은 전혀 없었다. 인간이 무식함 때문에 쓸데없다고 감히 말할 수 있는 종교의식이 단 하나라도 있을까.

하여간 그 종교의식은 엘레노르의 마음을 진정시켜주었고, 그녀에게 힘을 주어 무서운 한걸음을 내딛게 했다. 그 한걸음을 내디딜 때 어떤 느낌이 들지 예견할 수 있는 사람은 하나도 없지만, 우리는 모두 그 순간을 향해 나아가고 있다. 내가 놀란 것은 사람에게 하나의 종교가 필요하다는 사실 때문이 아니었다. 적어도 자기는 종교를 물리칠 수 있을 만큼 강하다고 믿으며, 아울러 자기만은 불행의 권외에 있다고 생각하는 사람이 뜻밖에도 많다는 사실에 나는 놀라움을 금할 수 없었다. 나약한 인간들이 종교에 매달려 신의 가호를 청하고 싶은 것은 당연한 일이라고 생각한다. 짙은 어둠 속에 갇혀 있을 때 우리는 한 줄기 희미한 빛이나마 구원의 손길인 양 쫓으려 들 것이다. 급류에 휘말렸을 때 우리는 조그만 지푸라기나마 매달리려고 할 것이다.

그렇게 비통한 상념에 잠겨 있었던 탓일까, 엘레노르는 지쳐 보였다. 그녀는 깊이 잠들어 있었다. 잠에서 깨어났을 때 그녀는 그다지 괴로워하지 않았다. 방에는 나 혼자만 남아 있었다. 우리는 한참 있다가 가끔씩 짧은 대화를 나누곤 했다. 병세를 진단하는 데 가장 뛰어난 솜씨를 보였던 의사가 앞으로 24시간을 넘기기 힘들 것이라고 나에게 알려주었다. 나는 시간을 알리는 괘종시계와 엘레노르의 얼굴을 번갈아 바라보았다. 그녀의 얼굴에는 어떤 새로운 변화도 보이지 않았다. 지나가는 일각일각이 내 희망을 되살렸고, 그래서 나는 의사의 예상이 잘못된 게 아닐까 하는 의심이 들었다. 그때 돌연히 엘레노르의 몸이 펄쩍 솟구쳐 올랐다. 나는 그녀를 두 팔로 눌렀다. 경련으로 온몸이 떨리고 있었다. 그녀의 두 눈은 나를 찾고 있었으나, 그 눈에는 막연한 공포의 빛이 떠올라 있었다. 그래서 그녀는, 마치 나에겐 보이지 않지만 그녀를 위협하는 무엇에겐가 용서라도 빌고 있는 것 같았다. 그녀는 몸을 일으켰다가 다시 쓰러졌다. 무언가로부터 도망치려고 계속 몸부림치고 있는 듯이 보였다. 말하자면 그녀는 그녀를 붙잡고 놓지 않으려는 어떤 보이지 않는 힘에 대항해서 최후의 발악으로 싸우고 있었던 것이다. 드디어 그녀는 적의를 가진 자연의 맹렬한 공격에 손

을 들고 말았다. 그녀의 팔다리가 축 늘어졌다. 그런 와중에
도 잠깐 의식을 되찾은 듯 내 손을 쥐었다. 울고 싶어 하는
듯했지만 이미 눈물은 메말라버렸고, 말을 하려고 했지만
이젠 목소리도 나오지 않는 듯했다. 그녀는 체념한 듯, 그녀
를 안고 있는 내 팔에 머리를 받친 채 털썩 고개를 떨어뜨렸
다. 숨이 늘어졌다. 몇 순간 뒤에 그녀는 이미 이 세상에 없
었다.

　생명 없는 엘레노르 곁에서 나는 오랫동안 꼼짝도 않은
채 앉아 있었다. 그녀가 죽었다는 느낌이 아직도 내 마음속
까지 뚫고 들어오지 못했다. 내 눈은 놀라움을 담은 채 이
영혼 없는 육신을 망연히 내려다보고 있었다. 마침 방에 들
어온 하녀가 황망히 밖으로 뛰쳐나가서 이 슬픈 소식을 온
집안에 알렸다. 내 주변에서 일기 시작한 소란스러움이 내
가 잠겨 있던 실신 상태에서 나를 깨워주었다. 나는 천천히
일어났다. 사람들의 분주한 움직임, 이제는 그녀와 아무 관
계도 없는 슬픔과 소란스러움, 이런 것들이 내가 아직도 엘
레노르와 함께 있는 듯이 느껴온 환상을 단번에 깨뜨려버렸
다. 그러자 가슴을 찢는 듯한 고통과 돌이킬 수 없는 작별의
두려움이 엄습해왔다.

　나는 최후의 연줄이 끊어진 것을, 그리고 그녀와 나 사이
에 무서운 현실이 영원히 가로놓인 것을 깨달았다. 전에는
그렇게도 갈망했던 자유, 그 자유가 지금은 나를 숨 막히는

무게로 짓누르고 있었다. 전에는 그렇게도 나를 견딜 수 없게 만들던 속박, 그 속박에서 벗어난 지금 내 마음은 허전하고 쓸쓸해서 견딜 수가 없었다. 조금 전까지만 해도 나에게는 뚜렷한 하나의 목표가 있었다. 그래서 나의 일거수일투족이 한 여자에게 고통을 줄 수도 있었고 환희를 줄 수도 있었다. 그러나 나는 그게 불만이었다. 친밀한 눈길이 나의 거동을 살피고 있었고, 타인의 행복이 나의 행동에 달려 있다는 사실 자체가 나에겐 견디기 힘든 부담이었다. 그러나 지금은 아무도 나의 거동을 살피는 사람 하나 없고, 거기에 흥미를 기울이는 사람조차 없다. 누구 하나 나의 생활을 간섭할 사람이 없고, 내가 외출해도 돌아오라고 불러줄 목소리 하나 없다. 나는 자유의 몸이 된 것이다. 그리고 나는 이제 누구로부터도 사랑을 받고 있지 않았다. 말하자면 나는 누구하고도 무관한 타인이었다.

엘레노르가 미리 분부해두었기 때문에 하인 하나가 그녀의 서류를 나에게 가져왔다. 그것은 그녀의 일기와, 심심풀이 삼아 끼적인 글들과, 몇몇 친지로부터 받은 편지들이었다. 나는 그 서류들을 하나하나 살펴보았다. 그녀가 나를 위해 바치고도 나에게는 감추고 있었던 희생의 여러 모습과 나에게 쏟아온 애정의 새로운 증거들이 구구절절 묻어났다. 드디어 나는 태워버리기로 약속한 그 편지를 찾아냈다. 처음에는 그게 무엇인지 몰랐다. 그것은 받는 사람의 이름도 주소도 없었고, 봉함도 되어 있지 않았다. 몇몇 글자가 나도 모르게 내 시선을 끌었다. 태워버리겠다고 엘레노르와 약속한 편지라는 것을 깨닫고 눈길을 돌리려 했지만 소용이 없었다. 그 편지를 끝까지 읽고 싶은 욕심에 저항할 수가 없었다. 지금 나에겐 그 편지를 베껴 쓸 힘이 남아 있지 않다. 그 편지는 엘레노르가 병들기 전에 언젠가 나와 심하게 다투고 나서 쓴 글이었다.

아돌프, 무엇 때문에 당신은 나를 그렇게 괴롭히는 것입니까. 내 죄가 무엇인가요. 당신을 사랑하고, 당신 없이는 살 수 없다는 게 죄인가요. 당신을 괴롭히는 이 관계를 끊지도 못한 채, 불쌍해서 옆에 있어주겠다면서 이 불행한 인간을 실컷 괴롭히다니, 정말로 이상한 자비심이군요. 나는 적어도 당신이 친절한 분이라고 믿으면서 슬프나마 위안을 삼고 싶었습니다. 그런데도 당신은 그것조차 거절하다니, 어찌 된 까닭입니까. 그리고 당신은 무엇 때문에 그리도 역정을 잘 내십니까. 당신 때문에 내가 괴로워한다는 것을 알면서도 당신은 언제나 불만스럽게 나를 대하곤 하십니다. 도대체 난 어떻게 하라는 말씀인가요. 당신 곁을 떠나기를 바라세요? 나한테 그럴 힘이 없다는 것은 당신도 잘 알고 계시잖아요. 당신이 그 힘을 찾아주어야 합니다. 그런데도 당신은 모른 체할 뿐만 아니라, 오히려 그 힘을 내게서 앗아가고 있습니다. 당신은 내가 눈물 속에서 지쳐 쓰러지도록 내버려 둘 것입니다. 나를 당신의 발아래서 죽게 내버려 둘 것입니다.

한마디만 해주세요. 그러면 나는 어느 고장이든 당신을 따라가겠습니다. 당신의 생활에 짐이 되지 않게, 그저 당신 곁에서 지내기 위해 어디에든 숨어 살겠습니다. 하지만 당신은 그걸 바라지 않습니다. 내가 무서움에 벌벌 떨면서 ─ 왜냐하면 당신은 나를 공포로 얼어붙게 만들기 때문입니다 ─ 털어놓은 계획들을 당신은 짜증을 내면서 박차버립니다. 어쩌다 괜찮은 반응이라는 것이 당신의 침묵뿐입니다. 그처럼 박정한 행동은 당신의 성격과 어울리지 않아요. 당신은 착한 분이세요. 당신의 행동은 고상하고 성실합니다. 그러나 어떻게 하면 당신의 말을 잊을 수 있을까요? 그 매서운 한마디가 내 주변에서 울려 퍼집니다. 밤중에도 그 말이 울려오고, 끊임없이 나를 따라다니면서 괴롭힙니다. 그 한마디는 당신이 베풀어준 모든 친절을 상하게 만들어버렸습니다. 그렇다면 나는 죽어야 할까요? 그러면 당신은 만족할까요? 좋습니다. 죽겠습니다. 당신이 보호해주었지만, 이중 삼중으로 매질해온 이 가엾은 여자는 죽을 것입니다. 곁에 있는 것을 당신이 못 견뎌하고 무슨 걸림돌이나 되는 것처럼 여기는 여자, 당신을 귀찮게 하지 않고는 어느 곳에도 몸 둘 수 없는 여자, 그 성가신 엘레노르는 죽을 것입니다. 당신이 어울리고 싶어 안달하는 무리들 속에서 당신은 홀로 걸어가게 될 것입니다. 지금은 당신에게 무관심한 사람들을 고맙게 여기지만, 언젠가 당신은 그들을 알게 될 것입니다. 그리고 언젠가는 그들의 무정한 마음 때문에 속이 상해서, 여태까지 당신 마음대로 휘어잡아온 이 마음, 당신의 사랑을 먹고 살아온 이 마음, 당신을 감싸기 위해서라면 어떤 위험도 마다하지 않은 이 마음, 그러나 이제는 더이상 당신이 쳐다보지도 않을 이 마음이 없어진 것을 후회할 것입니다.

발행인에게 온 편지

 친절히 빌려주신 수기를 돌려드립니다. 호의에 감사드립니다. 덕분에 세월이 지워버린 수많은 슬픈 추억들이 되살아났습니다. 나는 이 이야기에 그려진 인물들을 거의 다 알수 있습니다. 이야기가 너무나도 진실하기 때문입니다. 나는 이 수기의 작자이자 주인공이기도 한 아돌프라는 사람을 몇 번인가 만난 적이 있습니다. 나는 좀더 부드러운 운명을 맞아들일 수 있었고 좀더 성실한 남자를 만날 수도 있었던 엘레노르에게 충고하여, 그녀 못지않게 불행하면서도 야릇한 매력으로 그녀의 운명을 지배했고 자신의 의지박약함 때문에 결국 그녀를 파멸로 몰아넣은 그 지독한 남자와 관계를 끊게 하려고 애썼습니다. 아아, 내가 그녀를 마지막으로 만났을 때 나는 그녀가 어느 정도 힘을 되찾고 이성으로 무장하여 감정의 혼란을 수습한 줄로만 여겼습니다. 그런데 오랫동안 그곳을 떠나 있다가 그녀가 살던 땅에 돌아가 보니, 거기엔 묘비 하나만이 쓸쓸하게 서 있을 뿐이었습니다.
 이 수기를 출간해도 무방하리라 생각됩니다. 이 수기가

공표된다 하더라도, 그것 때문에 피해를 입을 사람은 아무도 없을뿐더러, 내 생각으로는 유익한 점도 없지 않으리라 여겨집니다.

엘레노르의 불행은, 아무리 열정적인 감정이라 할지라도 사회적 질서에는 대항할 수 없다는 것을 보여주고 있습니다. 사회란 개인의 힘으로는 어찌해볼 수 없을 만큼 너무도 강력하고, 또 너무나 다양한 형태로 나타나며, 그것이 허용하지 않는 연애에 대해서는 쓰라린 고통만을 안겨줍니다. 사회는 변덕이나 견딜 수 없는 권태처럼, 다정한 사이에도 때로는 갑자기 영혼을 덮쳐오는 마음의 병을 유발하도록 부채질하는 것입니다. 사회에 무관심한 자들은 도덕이라는 것을 앞세워 남을 헐뜯고, 미덕에 대한 열정을 내세워 남에게 해를 끼치는데, 이런 열정을 보이는 일은 실로 가관입니다. 남들이 서로 사랑하는 것을 보면 비위가 상하는 모양인데, 그것은 그들 자신이 연애를 못 하기 때문이겠지요. 그래서 그들은 구실만 찾을 수 있으면 그 애정을 공격하고 파괴하는 일에서 즐거움을 느끼는 것입니다. 이 사랑이라는 감정은, 모든 사람이 한패가 되어 사랑을 공격하고 사회는 사랑을 합법적인 것으로서 존중하지 않아도 될 경우, 인간의 마음속에 있는 온갖 선을 꺾어놓기 위해 그들 마음속에 있는 온갖 악으로 무장하기 때문에, 사랑이라는 감정 하나에만 의지하고 자신의 운명을 감당해나가는 여자는 참으로 불행하다고 말할 수밖에 없습니다.

만약에 이 수기를 공표하면서 다음의 사실을 첨부하신다면, 아돌프가 보여준 사례도 엘레노르의 그것에 못지않게 교훈적인 것이 될 것입니다. 아돌프의 경우, 그를 사랑한 여자를 배반한 뒤에도 역시 불안과 초조감에 시달렸고, 불만에 찬 생활을 벗어나지 못했으며, 그만한 고통과 눈물의 대가로 되찾은 자유를 전혀 누리지 못했다는 사실, 그리고 결국은 비난의 대상인 동시에 동정의 대상이 되고 말았다는 사실을 말입니다.

이에 대한 증거가 필요하다면, 이 수기에 쓰인 이야기 이후에 아돌프가 어떤 운명을 겪게 되었는지에 관해 선생께서 짐작하실 만한 편지를 첨부하겠으니 읽어보시기 바랍니다. 그러면 아돌프가 갖가지 상황에 놓이면서도 자신 속에 뿌리내리고 있는 이기주의와 뛰어난 재능의 혼돈으로 말미암아 언제나 희생을 당하고 있으며, 그것이 필경은 자신의 불행과 동시에 타인의 불행을 초래하고 있다는 사실을 알게 될 것입니다. 나쁜 일인 줄 알면서도 저지르게 되고, 저지르고 나서는 절망하여 쩔쩔매는 것입니다. 그는 그가 지닌 결점보다 오히려 그가 지닌 장점 때문에 벌을 받고 있습니다. 왜냐하면 그의 장점은 그의 순진한 감정에서 비롯하는 것이지 결코 의지에서 생겨난 것이 아니기 때문입니다. 그렇게도 헌신적인 남자로 보이는가 하면 가장 냉혹한 남자로 돌변해 있고, 따라서 헌신적인 마음에서 시작한 행동이 결국 냉혹한 결과로 끝나게 되었을 때 남는 것은 과오의 흔적뿐인 것입니다.

발행인의 회답

옳으신 말씀입니다. 선생이 돌려보낸 수기를 출간하기로 했습니다(그러나 그것은 선생께서 생각하는 것처럼 유익하리라 여겨서가 아닙니다. 이 세상에서는 누구나 다 고초를 겪고 나서야 비로소 교훈을 얻는 것입니다. 그리고 이 수기를 읽는 여자들은 모두가 아돌프보다 훌륭한 남자를 만났었고, 자신도 엘레노르보다 훌륭한 여성이라고 생각할 테니까요). 하지만 내가 이 수기를 출간하려는 까닭은, 이 수기가 비참한 지경에 빠져 있는 인간의 마음을 매우 진솔하게 표현하고 있기 때문입니다. 혹시 이 수기가 교훈적인 면을 갖고 있다면, 그것은 남성들에 대해서입니다. 우리 인간이 자랑하는 재능은 행복을 추구하거나 베푸는 데 아무런 도움도 주지 못한다는 것, 그리고 정신력, 성실성, 선량함 따위의 성격은 하늘로부터 타고나는 것이라는 점을 이 수기는 보여주고 있습니다. 하지만 초조한 마음을 억누르지 못하고, 순간적인 뉘우침 때문에 채 아물지도 않은 상처를 그 초조감이 다시 벌려놓는 것을 막지도 못하는, 그 부질없는 연민을 나는 선량함이라고 부를 수 없습니다.

인생에서 가장 큰 문제는 인간이 스스로 만들어낸 고뇌입니다. 아무리 교묘한 형이상학도 자기를 사랑한 여자의 마음을 짓밟는 남자를 정당화시킬 수는 없습니다. 그리고 해명할 수만 있으면 어떤 실수도 용납될 수 있다고 믿는 그 자만심을 나는 증오합니다. 자기가 저지른 죄악을 말하면서도 실은 자기 자신의 문제에만 골몰해 있고, 자신을 이야기하는 의도 속에는 남의 동정을 살 수 있으리라는 흑심을 숨기고 있으며, 파멸의 한복판에 태연히 서 있으면서도 뉘우치기는커녕 제 자신을 이리저리 따지려 드는 그 허영심을 나는 증오합니다. 자신의 무력함을 남의 탓으로 돌리려 들고, 죄악은 주변에 있는 것이 아니라 바로 자신 속에 있다는 것을 모르는 그 의지박약한 태도를 나는 증오합니다. 아돌프가 벌을 받은 것은 그가 지닌 성격 때문이며, 그가 정처도 없이 떠돌아다녔고 어떤 유익한 직업도 가져본 적이 없었다는 것, 일시적인 기분에 일생을 내맡기고 툭하면 변덕이나 부리면서 재능마저 탕진해버리고 말았다는 것은 나도 간파할 수 있습니다. 감히 말씀드리면, 선생께서 아돌프의 신상에 관해 새삼 상세한 기록을 제공해주지 않았다 하더라도 나는 그 모든 것을 짐작할 수 있었을 것입니다. 모처럼 베풀어주신 호의를 이용할지 어떨지는 나도 아직은 모르겠습니다.

환경이라는 것은 별로 중요하지 않습니다. 중요한 것은 타고난 자신의 성격인 것입니다. 외부의 사물이나 사람과는 그 관계를 끊는 것이 아무 일도 아니지만, 자기 자신과는 관계를 끊을 수가 없는 것입니다. 환경을 바꾼다고 하지만, 그것은 결국 벗어나고 싶던 고통을 다른 환경 속에 옮겨다 놓은 것에 불과합니다. 따라서 자리를 옮기면서도 제 자신을 바로잡을 수 없다면, 그것은 오로지 뉘우침 위에 양심의 가책을 보태고 고뇌에 과오를 덧붙이는 것에 지나지 않습니다.

옮긴이의 말
소설 한 편으로 문학사에 우뚝 남다

뱅자맹 콩스탕Henri Benjamin Constant de Rebecque은 아마 우리나라 독자들에게는 다소 생소한 이름일지도 모르겠다. 하지만 그는 파란만장한 생애와 더불어 『아돌프의 사랑』(원제는 'Adolphe')이라는 소설 한 편으로 프랑스 문학사에 우뚝한 자리를 차지하고 있는 특이한 인물이다.

콩스탕은 미완의 자서전 — 1767~1787년의 삶을 간추린 『붉은 수첩 Le Cahier rouge』 — 첫머리에서 이렇게 쓰고 있다. "나는 1767년 10월 25일 스위스 로잔에서, 종교적 이유로 망명한 프랑스 명문 출신의 앙리에트 드 샹디외와 네덜란드군 휘하의 스위스 연대 대령인 쥐스트 콩스탕 드 르베크 사이에서 태어났다. 어머니는 내가 태어난 지 8일 뒤에 산욕열로 세상을 떠났다."

그 후 어린 콩스탕은 두 할머니와 가정교사들에게 양육과 교육을 받았으며, 7세 때부터 네덜란드, 벨기에, 독일, 영국, 프랑스 등 유럽 각지를 여행하고 체류하면서 소년 시절을 보낸 뒤(1782~1783년에는 독일 에를랑겐 대학에서,

1783~1785년에는 영국 에든버러 대학에서 수학했다), 18세 때인 1785년에 파리 땅을 밟았다. 조숙한 그는 이제까지도 상당히 자유분방한 생활을 하고 있었지만, 파리에서는 그 경향이 더욱 심해져 여자와 노름에 빠졌다. 하지만 그는 결코 단순한 방탕아는 아니었다. 노는 틈틈이 책을 읽고, 타고난 재기는 살롱에서 사람들의 이목을 끌지 않을 수 없었다.

1787년 그는 샤리에르 부인을 알게 되었다. 그녀는 당시에 이미 47세였지만, 그녀의 재기와 정열은 청년 콩스탕을 완전히 사로잡았다. 하지만 두 사람은 애욕에 빠지지 않고 정신적인 사랑에 머물렀던 모양이다. 그러나 아버지는 만약의 경우를 염려하여 이듬해에 아들을 스위스의 집으로 불러들였다가 독일 북부의 브라운슈바이크 공국에 시종으로 보냈다. 1789년 이곳에서 민나 폰 크람과 결혼했지만, 이 결혼 생활은 오래가지 못했다. 1792년 민나가 불륜을 저지르는 바람에 이미 별거에 들어간 상태였고, 1794년에는 스탈 부인을 스위스에서 만나 연인 관계를 맺게 되는데, 이로 말미암아 깊어진 아내와의 불화가 결국 파경을 초래하고 만 것이다.

뷔퐁과 함께 과학을 공부하고 달랑베르와 함께 예술을 공부한 스탈 부인은 콩스탕에게 강한 영향을 주지 않을 수 없었다. 하지만 이 당차고 똑똑한 여자와의 연애는 결코 행복한 것이 아니었다. 그녀와 교제한 10여 년은 폭풍의 연속이었다고 해도 좋다. 콩스탕이 자유주의자로서 어떻게든 정치적 생명을 끝까지 지킬 수 있었던 것도 그녀 덕택이지만, 사생활에서는 완전히 그녀의 노예였다고 말할 수 있을 것이다.

1794년에 로베스피에르의 공포정치가 몰락하자 이듬해에 콩스탕은 스탈 부인과 함께 파리로 나와 프랑스 국적을 취득하는 한편, 입헌왕정파로 활동하기 시작했다. 그는 문학가이기보다는 차라리 정치 평론가였다. 1799년 쿠데타로 집권한 나폴레옹에 의해 법제심의원 의원으로 임명되었으나, 나폴레옹이 전제적 경향으로 기울자 이를 비판하는 팸플릿을 발표하는 등 그의 자유주의적 활동이 나폴레옹의 미움을 사게 되어 그 직위로부터 해고되었다. 또한 비슷한 시기에 스탈 부인도 나폴레옹에게 반항하다 파리에서 추방되었다. 이런 여건을 이용하여 두 사람은 유럽 각지를 여행하고, 독일 바이마르에 잠시 정착하여 괴테, 실러, 피히테 등과 교분을 나누기도 했다. 이런 가운데 그는 샤를로트를 만나 사랑에 빠졌지만, 이미 스탈 부인과 사귀고 있었기 때문에 샤를로트와 결혼할 뜻은 없었다. 실의에 빠진 샤를로트는 그 후 다른 남자와 결혼했지만 이혼했고, 1806년에 파리에서 재회한 두 사람은 옛정을 되살려 1808년에 스탈 부인 몰래 결혼까지 했다. 이 일이 결국 스탈 부인에게 알려져, 마침내 둘은 결별하게 된다.

1814년에 나폴레옹이 몰락하자 프랑스로 귀국한 콩스탕은, 이듬해 3월에 나폴레옹이 엘바섬을 탈출하자 통렬한 탄핵문을 발표했지만, 4월 14일 나폴레옹과 회견한 뒤 협력을 약속했다. 자유파 진영의 지지가 필요했던 나폴레옹은 콩스탕을 참사원 의원에 임명하여 제국 헌법의 추가 조항을 기초하게 했다. 그러나 6월에 나폴레옹이 워털루전투에서 패하여 이른바 '백일천하'가 끝나고 왕정복고가 이루어지자 콩스탕은 다시 국외로 망명하지 않을 수 없었다. 영국에 머물고 있던 1816년 7월에 런던과 파리에서 동시에 출간된 것이 바로 『아돌프의 사랑』이다.

그 후 특사로 풀려나 귀국한 콩스탕은 왕성한 저술 활동을 통해 자유사상을 고취시키는 한편, 국회의원에 연이어 당선됨으로써(1819년에는 사르트에서, 1824년에는 파리에서, 1827년에는 스트라스부르에서) 정치가로서도 민중의 신망과 인기를 얻었다. 1830년 7월 혁명에서는 혁명파에 가담하여 오를레앙 공 루이-필리프를 옹립하는 데 진력했다. 그는 정치적 생애에서 변절을 거듭했다는 비판을 받기도 했지만, 본질적으로는 자유주의를 신봉했다. 그래서 입헌왕정파의 지지를 얻어 참사원 의장에 선임된 지 석 달 뒤인 1830년 12월 8일 63세를 일기로 세상을 떠났을 때, 프랑스 정부는 국장으로 그의 죽음을 애도했으며, 자유를 사랑하는 학생과 노동자 들이 그의 영구차를 끌고 감으로써 그의 최후를 장식해주었다.

이상의 간략한 경력에서도 알 수 있듯이, 프랑스 정치사에서 콩스탕의 위치는 상당히 주목할 만한 것이었고, 프랑스 백과사전도 콩스탕 항목에서는 문학자로서의 콩스탕보다 정치가 콩스탕 쪽에 더 많은 페이지를 할당하고 있다. 하지만 여기서 우리의 관심을 끄는 것은 어디까지나 문학자 콩스탕이고, 그의 대표작인 『아돌프의 사랑』이다.

『아돌프의 사랑』은 보름 동안 살롱의 독서회에서 낭독된 작품으로서, 연애 이야기를 수기 형식으로 엮은 고백체 소설이다. 몇몇 에피소드를 중심으로 짜인 이 소설은 문고판 원서로 100여 쪽에 불과한 짧은 작품이지만, 프랑스어로 창작된 수많은 소설 가운데 걸작의 하나로 꼽힌다.

콩스탕이 『아돌프의 사랑』을 쓰기 시작한 것은 1806년 10월이다. 스탈 부인은 수기에 "뱅자맹이 소설을 쓰기 시작했다. 지금까지 내가 읽은 것 중에서 가장 독창적이고 가장 감동적인 이야기다"라고 썼고, 콩스탕도 일기에 "15일 만에 소설 한 편을 다 썼다"라고 기록했다. 물론 이것은 초고였으며, 스탈 부인과의 사이에 일어난 격렬한 장면 등이 도입되고 몇 번 가필되어, 1816년 7월에야 드디어 출간되었다.

『아돌프의 사랑』을 읽노라면 우리는 철저하리만큼 가식을 벗겨내는 진솔함, 엄격한 표현, 열정과 회한을 오가는 갈

등 따위를 느끼게 되는데, 이 소설이 자연에 대한 서정적 묘사와 장밋빛 연애에 치중하던 낭만주의 시대에 쓰였으며, 과장과 혼돈과 감정으로 부식된 시대에 그토록 선연한 통찰력과 명증성을 보여주고 있다는 점을 고려하면, 우리는 그저 놀라울 뿐이고 또한 생생하게 파고드는 감동에 감탄할 뿐이다.

특히 '자연'은 장-자크 루소 이후 상상력을 기조로 한 창작 행위에서 지대한 영향력을 끼쳐왔다. 그러나 이 작품에서는 별다른 역할을 하고 있지 못하다. 자연과 합일된 생활이라든가, 전원의 아름다움에 대한 묘사라든가 하는 것은 아예 보이지도 않는다. 그뿐만 아니라, 특정 계층의 독자에게만 적합한 취향 따위도 없다. 관습이나 생활환경에 대한 묘사나 표현도 보이지 않는다. 작품의 무대는 살롱이거나 어떤 방일 뿐이다. 그리고 이 같은 공간적 배경이 나타날 경우에도 사실적 묘사가 없기 때문에 독자들 스스로 필요에 따라 구체적인 정황을 상상해야만 한다. 더구나 주인공들도 구체적으로 표현된 얼굴이 없다. 아돌프는 젊고 엘레노르는 아름답다는 것 ─ 독자들이 소설 속에서 읽을 수 있는 정보는 이것뿐이다. 그 밖의 인물들도 마찬가지다. 아돌프의 부친, P 백작, 외교관인 T 남작, 엘레노르의 친구 등, 이들에 대해서도 구체적인 설명이나 사실적으로 묘사된 모습이 없다. 그들은 막간의 엑스트라들처럼 단역을 맡을 뿐이며, 그들이 등장하는 경우도 독자들의 흥미를 자아내기 위한 것이기보다, 주인공들의 처지를 좀더 분명하게 나타내기 위한 필요에 따라, 절대로 요구되는 장면에 잠깐 비칠 뿐이다.

작가는 필요 이상의 것을 다루지 않는다. 작품 속의 몇몇 에피소드는 작가의 의도를 나타내기 위한 것만으로 한정되어 있고, 이런 의도에 어긋나는 것은 일절 배제되어 있다. 갖가지 사건을 묘사하는 경우에도 작가는 다만 몇 마디로 간추리고 있으며, 각 장면에 대해서도 길게 늘어놓는 법이 없다(엘레노르가 죽는 장면만은 예외라고 할 수 있는데, 그러나 독자들은 그 이유를 이해하고도 남을 것이다). 그림처럼 아름다운 묘사, 사건의 진기한 변화나 전개, 우연에 의한 작위 등, 많은 소설 작품에서 흔히 볼 수 있는 수법을 작가는 극도로 싫어한다. 그러므로 그가 쓰는 언어는 감정의 옷을 벗어버린 느낌을 주기도 하지만, 그렇게 함으로써 진솔함만이 아니라 정확하고 논리적이며 자연스러운 우아함도 느끼게 한다.

이 작품의 구조를 살펴보면, 처음부터 끝까지 되풀이되고 있는 것은 영혼의 울림과 감정의 발작적인 노출뿐이다. 그러므로 엄밀히 말하면 이 소설에는 기둥 줄거리가 없다고 해도 좋을 것이다. 더구나 이 소설은 두 남녀의 감미로운 연애를 그리고 있기보다, 그들이 인습과 욕망 사이에서 겪는 내적 갈등에 주안점을 두고 있다. 말하자면 연애의 심리 분석을 통해 자기 상실에 가까운 고뇌와 절망을 표출하고 있는 것이다. 그 심리묘사의 치밀함, 분석 소설에 적합한 섬세하고도 명쾌한 문체, 죽음의 그림자가 드리워진 듯한 삶의 고통…… 이 작품을 프랑스 근대 심리소설의 선구적 대표작으로 평가하는 이유가 거기에 있는 것이다(심리소설의 걸작으로 꼽히는 스탕달의 『적과 흑』이 출간된 것은 1830년이다). 평론가 알베르 티보데가 『근대 프랑스 문학사』(1936)에서 "지난 반세기 동안 프랑스의 심리소설은 이 조용하고 조심스러운 이야기를 다시 쓰거나 덧붙이거나 변주하거나 근대화하는 일을 하고 있었다"라고 말한 것은 확실히 정곡을 찌르고 있다.

『아돌프의 사랑』은 오랫동안 콩스탕의 유일한 소설 작품으로 알려져왔다. 그러다가 1951년에 이르러 그의 두번째 소설 『세실 *Cécile*』이 발견되었는데, 이 작품은 두번째 아내 샤를로트와의 관계를 『아돌프의 사랑』과 비슷한 형식에 담아낸 것으로, 미완성 작품이다.

작가 연보

1767   10월 25일 스위스 로잔에서 태어남. 아버지는 네덜란드군 장교인 쥐스트 콩스탕 드 르베크Juste Constant de Rebecque, 어머니는 앙리에트 드 샹디외Henriette de Chandieu. 8일 뒤에 어머니가 산욕열로 사망하자 친할머니와 외할머니가 어린 손자를 맡아서 키움.

1772   독일인 가정교사에게 교육을 받기 시작.

1774   두번째 가정교사와 함께 브뤼셀에 체류.

1775~77   세번째 가정교사와 함께 스위스에 체류.

1778   네번째 가정교사와 함께 브뤼셀, 네덜란드에 체류.

1780~81   다섯번째 가정교사와 함께 영국에 체류한 뒤, 네덜란드와 브뤼셀에 체류.

1782~83   독일 에를랑겐 대학에서 수학.

1783~85   영국 에든버러 대학에서 수학.

1785   파리에 첫번째 체류. 그 후 브뤼셀에 체류. 요하놋 부인과 교제.

1786~87   파리에 체류. 샤리에르 부인Isabelle de Charrière과

교제.

1787 영국 여행.

1788 샤리에르 부인과의 관계를 염려한 아버지가 콩스탕을 스위스의 집으로 불러들였다가 브라운슈바이크 공국으로 보냄.

1789 공작의 딸인 민나 폰 크람Minna von Cramm과 결혼.

1792 아내의 불륜으로 별거에 들어감.

1793 샤를로트 드 아르당베르Charlotte de Hardenberg와 교제.

1794 스위스로 돌아옴. 9월 19일, 스탈 부인Germaine de Staël과 만남.

1795 스탈 부인과 파리에 도착. 민나 폰 크람과 이혼. 쥘리 탈마와 교제.

1796 정치 활동에 참여. 총재정부를 지지하는 팸플릿 발간.

1797 스탈 부인의 딸 알베르틴 출생.

1799 나폴레옹에 의해 법제심의원 의원으로 임명됨.

1800 애나 린지와 교제.

1802 나폴레옹이 전제정으로 기울자 이를 비판하는 팸플 릿을 발표하여 나폴레옹의 미움을 사게 되고, 결국 은 법제심의원 의원에서 해고됨. 스탈 부인의 남편 인 스탈 남작 사망.

1803   스탈 부인도 나폴레옹을 비판하다가 파리에서 추방
        되자 독일로 망명. 바이마르에서 콩스탕과 합류.

1804   스탈 부인의 아버지 자크 네케르(루이 16세의 재무
        장관) 사망. 콩스탕, 스위스로 귀국했다가 스탈 부
        인을 위로하기 위해 바이마르로 돌아감. 5월, 프랑
        스로 돌아옴. 12월, 리옹을 거쳐 이탈리아로 여행.

1805   스탈 부인과 함께 프랑스와 스위스 곳곳을 여행. 쥘
        리 탈마 사망.

1806   스탈 부인과 함께 오세르와 루앙에 체류. 파리에서
        샤를로트와 재회하여 옛정을 되살림.『아돌프의 사
        랑』을 쓰기 시작.

1807   여행의 연속. 코페에서 여름을 보내면서 프리드리
        히 실러의『발렌슈타인』을 번역. 12월, 브장송에서
        샤를로트를 다시 만남. 샤를로트가 병에 걸림.

1808   브르방에 있는 아버지 집에서 샤를로트와 체류. 둘
        은 파리로 갔다가 브르방으로 돌아와 비밀리에 결
        혼함.

1809   결혼 사실을 알게 된 스탈 부인과 샤를로트 사이에
        대판 싸움이 벌어짐.

1810   콩스탕, 두 여자 사이를 뻔질나게 오가면서 죽을 고
        생을 함.

1811   5월 19일, 스위스 로잔에서 스탈 부인과 마침내 헤

어짐.

1812　브라운슈바이크, 괴팅겐, 카셀에 체류. 아버지 사망.

1813　독일에 계속 체류. 『정복의 정신 *De l'esprit de conquête*』 집필.

1814　2월, 뷔케부르크에서 베르나도트를 만남. 3월, 베르나도트와 함께 리에주에 체류. 4월, 파리에 도착. 정치 팸플릿 발간.

1815　3월, 나폴레옹이 엘바섬을 탈출하자 그를 통렬히 탄핵하는 글을 발표. 4월, 나폴레옹과 회견한 뒤 협력을 약속하고 참사원 의원에 임명됨. 6월, 나폴레옹이 워털루전투에서 패하고 왕정복고가 이루어지자 콩스탕에게 추방령이 떨어짐. 10월, 파리를 떠나 브뤼셀로 망명.

1816　1월, 런던에 도착. 7월, 런던과 파리에서 『아돌프의 사랑』 출간. 9월, 파리로 떠남.

1817　7월 14일, 스탈 부인 사망.

1818　왕성한 정치적 저술 활동을 펼치는 한편, 『입헌정치 강의 *Cours de politique constitutionnelle*』 출간.

1819　3월, 사르트에서 국회의원에 당선. 뛰어난 웅변술을 통해 자유파 진영의 리더가 됨. 『근대인의 자유와 고대인의 자유 비교론 *De la liberté des Anciens comparée à celle des Modernes*』 출간.

1820   『백일천하 회상록*Mémoires sur les Cent-Jours*』 출간.

1824   2월, 파리에서 국회의원에 당선. 7월, 30년에 걸친
        노작 『종교론*De la religion*』 제1권 출간(마지막 제5권
        은 그가 죽은 이듬해인 1831년에 출간됨).

1827   스트라스부르에서 국회의원에 당선.

1829   『문학과 정치의 혼합*Mélanges de littérature et de poli-
        tique*』 출간.

1830   샤를 10세가 의회를 해산하면서 7월 혁명이 일어나
        자 콩스탕은 혁명파로서 오를레앙 공 루이-필리프
        를 옹립하는 데 진력함. 왕위에 오른 루이-필리프는
        콩스탕이 빚을 갚을 수 있도록 20만 프랑을 하사함.
        9월, 참사원 의장에 선임됨. 11월 19일, 의회에서
        마지막 연설을 함. 건강 상태가 급격히 나빠진 끝에
        12월 8일 사망. 12일, 국장이 엄수됨.